笭菁閒語

矁鏡

笭菁——著

CONTENTS

加班

從三十樓跳下去，已經是我這輩子做過最勇敢也最愚蠢的事了……

筱恬跳樓了。

四十五樓的高度摔了個頭破血流，她的室友表示她遭遇職場霸凌才導致輕生；而壓倒駱駝的最後一根稻草指向她自殺前兩小時，當著眾人辱罵她的副總身上。

因為一件急件她沒有按時完成，副總失控咆哮，兩小時後她就從頂樓縱身躍下。

「我應該沒欺負她吧？」大和擰著眉，相當嚴肅。

「最好，我們多少都有故意整她過！誰教她一副衰樣，整天畏畏縮縮？」小蘋倒是不安，「但也不至於自殺吧？都幾歲的人了。」

「事情就發生了啊！」大和起身，「加班根本找死，我要走了。」

艾凡終於轉頭，「喂，你們工作是做完了嗎？」

「艾凡！不做完也得走啊！」大和做出一副煞有其事的樣子，「她、在、這、裡、啊！」

什麼！辦公室裡的人倒抽一口氣，「說什麼啊你！」

「我就看得到啊！她就在這！」大和立刻朝周邊行禮拜拜，「對不起，我會燒很多紙錢給妳的，求求妳原諒我！」

餘音未落，大和拎起包包就一路衝出公司。

偌大的辦公室裡剩下五、六個人，愣愣看著他通過管制門後順利進入電梯，幾秒的靜默後是恐懼的慌亂。

所有人抓過手機跟錢包，爭先恐後地要離開！

「艾凡，妳不走嗎？」

「我……我就快弄好了，再五分鐘……等等我吧！」艾凡被說得也毛了，求隔壁的小蘋留下來。

「啊，我不想跟她相處超過一秒鐘！妳這麼照顧她，她應該不會對妳怎樣的啦！」

來不及說些什麼，同事們跟逃難似地全衝出了公司。

……她對她那麼好？艾凡的手隱隱發抖，如果說：所有造成筱恬被欺凌的主因就是她，會有人相信嗎？

戰戰兢兢地轉過去看向隔壁座位上那一整疊文件，是她把急件壓在下面的，是她在最費時間但不急的文件上貼上便條紙，要筱恬先完成那份報表。

然後在筱恬進公司前，把真正的急件挪到第二、第三順位，當慌張的秘書前來索要時，事情於焉爆發；筱恬只能低首聽訓，因為她告訴副總她跟筱恬交代過，那份急件上也有她黏貼的便條紙，上面寫著截止日期與急件，筱恬百口莫辯。

為什麼要這麼做？因為她討厭筱恬。

笨、蠢、沒本事加做事拖拉無效率，完全不知道她是用什麼關係留下來，光看她畏縮的模樣就令人厭惡！

但不管她被罵多少次，筱恬就是沒有要自動請辭的意思。

咿……身邊的椅子突然滑動，艾凡嚇得尖叫跳起，看著座位椅子明顯地滑行超過五公尺以上……像有人坐在上頭。

「她在這裡啊！」大和的聲音再度浮現！

就在艾凡呆愣的同時，那疊文件硬是在她面前被無形的力量撥掉，在空中四散！

「哇呀——」顧不得未完的工作，艾凡抓起手機跟包包，拔腿就往門外衝。

公司裡只剩角落一張桌子亮著燈，不知道是誰還沒走，但這裡根本不能留人了吧！

太過慌亂導致腳步踉蹌，艾凡扶著同事的桌腳才穩住身子，卻不經意看見站在身旁的人影。

「為……為什麼……」幽遠的聲音就在她耳邊，「要這樣對我？」

不！不！艾凡戰戰兢兢地抬頭，女孩暴凸的雙眼在黑暗中閃閃發光，頭顱像被棒子敲開的西瓜般迸裂，鮮血如注——她滿臉滿身全是血！

「哇啊啊——不是我不是我！」艾凡尖叫失控地往管制門去，發抖的手無法順利感應。

門外就是三座電梯，同事們居然都已經走了！

管制鎖不停傳來錯誤的聲音，哭著檢視，石英數字上躍動顯示的是：「ＤＩＥ。」

「是妳的錯！都是妳！」艾凡不停地揮著識別證。

嗶！玻璃門終於打開，艾凡瘋狂地按著電梯，電梯很巧地逼近了她的樓層；看著電梯門敞開，艾凡卻心慌搖頭，恐懼的心臟都要跳出……這種時候，她還能坐電梯下樓嗎？

她倏地轉向右後方，儘管有三十樓，但總比搭電梯好……吧？

只是才旋過腳跟，安全門陡然一開，竟衝出那渾身是血、齜牙咧嘴的女孩，直直朝她撲來！

「去死吧妳——」

「哇呀——」失聲尖叫，艾凡跌進了電梯，死命地按著關門，「走開！走開！——」

她一進電梯，門便關上，按下一樓的瞬間，外頭傳來不滿的重擊聲——砰！

天哪天哪！艾凡蹲了下來，為什麼要這樣對她！

幹嘛不先檢討自己，要不是妳一直不辭職，我需要做到這個地步嗎？所以我才會讓妳——咦？艾凡陡然一顫身子。

那張她叫筱恬優先處理不重要文件的便條紙呢？

＊＊＊

安全門輕拉，男人帶著渾身的菸味，走回了三十樓。

「值得嗎？」

電梯前的女孩聞聲，遲疑著回首，她渾身染血的衣服逐漸恢復成原本的整齊，迸裂的頭蓋骨癒合，終至恢復成正常的女孩模樣。

嗯，離正常還是差一點點，畢竟她小腿以下漸層模糊。

筱恬帶著怯懦，不安地看著男子。「你……看得見我？」

「很清楚啊。」他不想給她太大壓力，等等說他霸凌阿飄就不好了，就近往身邊的牆靠上，「人資的大和根本看不到，說了一整天。」

「我知道。」因為她站在大和旁邊他卻看不見，「你是？」

「妳都死了，我是誰重要嗎？」他笑著，「要認識人麻煩趁活著的時候好嗎？」

人生是很短，但交個朋友的時間還是有的。

一陣酸楚湧上，筱恬瞇起眼望著遠方，淚水瞬間盈眶。

哎呀！男子皺眉，原來他不只有把活人女孩弄哭的本事，連死掉的都……嗯。

「那個——是她害妳的吧？」男子似笑非笑地挑著嘴角，「結果妳這麼待她？值得嗎？」

女孩淚光閃閃地望著他，沒有遲疑地點了點頭。

「至少，她是我剛到公司時，第一個對我好的人……」筱恬幽幽說著，竟泛出了淡淡的微笑。

自小就怯懦的她，進入大公司更是惴惴不安，尤其同期進來的個個都比她優秀太多；輪流在各單位實習三天，不出一星期她就成為目標，因為她越緊張便越害怕，工作便一直出錯，連同期新人都直接請她帶腦子來上班，說話大聲一點。

如果可以，何嘗不想過得那樣自信滿滿？人都有天性，她的天性注定怯懦啊！換到這個部門時，才進門就有人當她的面對眾宣布，吳筱恬是個專扯後腿的沒用傢伙，叫大家小心。

然後，艾凡上前，直接拉起了她的手。

——我叫艾凡，我部門最缺細心又具耐心的人了，妳絕對沒問題——

不曾想到，她牽起她手的瞬間，就是永夜裡的曙光，燦爛耀眼到令人睜不開眼。

「艾凡？裝模作樣當好人是她的專長啊。」男子說的是事實。

「她是假的，但我的感受卻是真的。」筱恬珍惜地看著自己的右手，「那股溫暖……還殘留著呢。」

只要回想起那一刻，她就會覺得溫暖無比。

「真不知道該說妳是聰明還是蠢，勇敢還是懦弱。」男子挑了眉，「希望她值得。」

「從三十樓跳下去，已經是我這輩子做過最勇敢也最愚蠢的事了。」筱恬笑著哭，悲淒不已。

「後悔嗎？」

筱恬一愣，搖了搖頭，「後悔是活人才有的資格吧——」

咦！她驀地轉身，衝回最左邊的電梯，驚恐地看著上頭橫排的數字跳躍，十三、十四——

男子飛快推開安全門，「我應該再去抽根菸。」「不！求求你幫她！」筱恬尖叫著，但男子已離開。她慌張地正首看著電梯，「不不不——不要——為什麼！」

電梯上升，在二十樓停下，一位上班族離開。

艾凡站在電梯按鈕旁，緊絞著雙手，冷汗早已浸溼她全身，她得費盡氣力才能維持身子的不顫抖！

她怕吳筱恬！她怕得要死，但是她必須回去！

因為那張誤導筱恬的便條紙，還在她的抽屜裡——之前無意中發現，那變態的白痴女孩，把她每次寫的便條紙都收集在抽屜後方的夾層裡！

「要是被人找到，豈不變成是我害死她的了？」

叮！電梯抵達，艾凡雙腿抖得誇張。

傳說只要比鬼兇，它們反而會怕人的！即使……她就在電梯外，她也必須把那張便條紙拿回來！

懦弱的傢伙只能是自殺，而她只能是最照顧她的善良好人！

電梯門開啟，外頭果然就站著那滿臉猙獰、頭破血流的女孩。

「滾——」

「不！是妳自己跳下去的！不能怪任何人！」艾凡緊握著雙拳，厲聲回應！鼓起勇氣，邁開步伐。

啪——嘰哩嚓——頭頂的電梯井突地發出迴音，艾凡下意識抬頭一瞧——

唰！電光石火間，整台電梯啪嚓地直接往下墜落。

軋——砰！磅！電纜、金屬聲碰撞聲不絕於耳，令人膽寒的迴音在電梯井裡迸發，但電梯總算是在五樓的地方煞住了。

只是三十樓的電梯外，被大片鮮紅的噴濺血跡染紅，艾凡正面含五官三分之一的頭骨破片還在地上微晃，外加一隻光裸的右腳、殘缺不明的碎肉塊，跟幾個在電梯急速削過時噴出的部分臟器。

艾凡剛剛已經跨出電梯，全身縱剖，三分之一的她留在了三十樓。

「為什麼……」筱恬看著地上殘肉，痛哭失聲，「為什麼要回來！」

身後的男子，早已默默地回到了這層樓。

筱恬知道電梯隨時會出問題。

其實在一星期前她就跟相關部門提過有雜音了，但在沒人瞧得起她的前提下，不會有人把她的話當真。

但已死的她知道電梯今晚會掉落，所以她才千方百計地嚇走那個一再欺凌她的人，剛剛甚至希望艾凡不要出電梯，如此在五樓煞住也不至於身故。

只可惜，如果艾凡對別人有一絲絲的尊重或信任，再多點應有的愧疚的話……呵，如果。

「值得嗎？」

女孩回過頭，鬼魅的哭聲，不管什麼時候聽，總是撕心裂肺的悲傷。

目擊者（上）

科技進步的速度令人咋舌，人人都能在眼球裡安裝「視鏡」，讓眼睛變成鏡頭，記錄一切所見所聞……

緩緩睜開眼睛，看見白色的天花板，還有上方一圈刺眼的燈光。

「請先不要亂動。」無起伏的聲音傳來，她深吸了一口氣。

一時間她根本無知覺，想要妄動也幾乎不可能。

空氣中還彌漫著酒精味，略向兩旁瞥去，舉目所及都是冰冷的不鏽鋼器具。

腳步聲自左方傳來，醫生的臉終於映入眼簾。

「郭小姐，請看這裡。」小手電筒發出令人厭惡的光芒，她想避開，但眼瞼卻被撐了開。「來，跟著燈光動，很好，很好。」

「我的手沒有感覺……」她有些恐慌。

「只是麻藥的關係，半小時之內就會恢復。」醫生說得輕鬆，「想問手術成功了嗎？」

「很成功，您可以趁著恢復期練習看看。」醫生口吻裡自信滿滿，「您的眼睛現在就是鏡頭，大腦就是系統，儲存裝置在右耳後，您可以自由地提取所見的記憶，不要想得太難，依直覺去做就可以了，我們的大腦是很靈活的。」

什麼？她皺起眉，這光用聽的就很荒唐，醫生說得也太輕巧。

科技進步的速度令人咋舌，人人都能在眼球裡安裝「視鏡」，讓眼睛變成鏡頭，記錄一切所見所聞，不但可以存取所有看見的事物，還能如同電腦般進行提取、移動或是刪除。

她原本一直很排斥這樣的科技，甚至厭惡單純只是被路人看見，就會被對方永遠記在腦子裡，但是……當親人即將不久於世時，她卻想記錄剩下的時光。

結婚十年，他們沒有孩子但是恩愛非常，原本以為可以這樣攜手走一輩子，但一個感冒肺炎送醫後，竟然得到丈夫肝癌末期的死亡宣告。

最長半年，最短剩不到三個月，他們之間的時光竟變得如此珍貴。

所以，她鼓起勇氣加裝「視鏡」，她渴望留下他們彼此相處的時光。

「郭小姐，每餐飯後各一包藥，如果沒有不舒服，第三天起就可以不必用藥了。」櫃檯邊的藥劑師交代著，「如果覺得視覺有問題，或出現疊影或幻象，請立即回來複診。」

「謝謝。」郭紫帆接過藥袋，收進包裡後道謝。

感覺還是有點魂不附體，步出醫院，秋風蕭瑟，這星期氣溫降得好快，看天色昏暗，只怕又快要下雨了。她從皮包裡拿出圍巾繫上頸子，揪著風衣朝著地鐵走去。

地鐵煞車的分貝讓她覺得頭疼，她努力地想練習記憶存取，看著車廂裡的乘客，意外地發現有個看起來文質彬彬的男人，卻顯示的是有著前科犯。

在這個世界，犯罪紀錄將無所遁形，均會被標記在犯罪系統裡，因此只要安裝「視鏡」，都能看見誰有前科。

緊緊握著桿子，她覺得有些不安，裝上「視鏡」的自己發現探人隱私竟如此容易；看著那男人侷促不安，畢竟許多雙眼睛不自覺地盯著他，他自己也知道，在某些人眼裡他就是個前科犯。

這樣真的好嗎？以前她就質疑過這件事，如果一名犯罪者已經服過刑，償還他犯的罪，為什麼又要貼上一輩子的標籤，受人輕侮？

說不在意都是騙人的，世人就是會歧視這些犯罪者，罪無大小，無分輕重，一律都會投以鄙夷的眼神。

她也不是聖人，她也是會在意的那一個。

列車進站，她從容走出車廂，特地到站內一家他很愛的咖啡廳裡，買他最愛的檸檬塔。

「又買給老公啊？」熟悉的店員笑得幸福，「好甜蜜喔！」

「順路。」她喜歡那女孩的笑容，有一種被羨慕的得意感。

「哎唷，他總是為妳買巧克力蛋糕，妳為他買檸檬塔，怎麼大家都這麼順路？」女孩半調侃地笑著，「這麼些年了，你們都只惦著彼此的喜好。」

「哎。」她不知道該說什麼，羞紅的臉道盡了一切。

接過檸檬塔，她還買了杯咖啡，她需要喝杯咖啡醒醒神，因她等等要開車回家。

坐在停車場邊的長椅上，捧著溫熱的咖啡休息，不喜城市的他們，特地購屋在偏僻之地，在鄉間小路還得開上個二十分鐘才會抵達的地方；兩層樓的小木屋、一旁還有專屬車庫，院子寬廣，四周都是樹林，與最近的鄰居也有一公里的距離。

城郊外的寧靜之處，這是她與他喜歡的地方。

房子是他找到的，摟著她站在門口，聽著樹葉吹動，鳥囀蟬鳴的美好。
她永遠忘不了那天的笑容，忘不了他抱著她飛轉……如果當時就有這樣的記憶裝置，她就可以再看一次了。
驅車返家，眼前看著的是路、需要時可以藉由眨眼讓眼界變成電腦螢幕似的，會跳出許多選項選擇。
幾道銀光自雲裡劈下，沒兩秒豆大的雨珠落下，轉瞬間成了傾盆大雨，她調動雨刷，雨刷動得再快，也難以看清眼前的路。
「怎麼這麼糟！」她趕緊閃起雙黃燈，雖然這兒是荒郊野外，少有來車，但還是要小心為上。
緩速地往前開，滂沱大雨遮去既有視線，雨根本是用炸的，她自覺技術不佳，繼續開下去不怕撞到什麼，是怕自己不小心滑落山溝。
所以她索性找了個小空地，這兒她熟，在樹林間剛好有處空地，之前像是別人拿來堆放東西的，樹都被砍光，位子不大，但剛好能塞她這台小車；倒車進入，垂下的樹枝還遮到她的擋風玻璃，雨滴噠噠地打在車頂上，宛如打擊樂團。
她現在藏身在林子裡，大路上經過的人車都不會看見她，索性關上引擎，調整椅子向後靠，拿過手機傳訊給丈夫，告訴他大雨傾盆，會晚點到家。

她不會告訴他「視鏡」的事，因為丈夫對這項科技深惡痛絕，甚至還是視鏡人權維護協會的一員，總是批判著這項發明是在探人隱私，丈夫就是不愛身邊太多科技產物，也因此喜歡遠離塵囂的地方。

她呢？郭紫帆閉目養神，她願意跟著她愛的人做任何事，不管是鄉間小屋，或是做善事當義工，只要能在一起，她就覺得很幸福。

砰！驚天動地的撞擊聲嚇得郭紫帆彈跳而起，她驚恐地差點撞上自己的方向盤，看見幾乎就在正前方……不，一點鐘方向的大樹前，有台車頭全毀的車子撞上樹了！

天哪，郭紫帆完全僵住，看著冒煙甚至有零星火花冒出的車子，大雨依舊模糊了視線，她忍不住發抖地看著眼前的一切，自撞嗎？

一抹人影從樹的另一頭踉蹌走出，是個女性，雨太大瞧不清楚她的樣貌，但是可以看得出來她好像受傷了，走了兩步立刻就往前趴上地面。

她應該要報警的。

郭紫帆兩眼發直，她卻動不了，手指握著方向盤，像被黏住一般。

接著，一道車大燈拉長的影子出現在地上，郭紫帆這才驚覺到撞毀的車後方，竟還有另一台車！

她瞬間躺了回去。

沒問題的！望著自己灰絨布的內裝車頂，既然有人發現了，就會幫她的對吧？會救那個可憐的駕駛，她不需要出面。

「呀——」尖叫聲突然傳來，郭紫帆吃驚地再要撐起身子，但只撐到一半她又停下了。

要管閒事嗎？他們要的不就是平靜的生活嗎？可能只是傷者受傷所以很疼而已吧？如果現在介入，她就不能準時回家了，檸檬塔還在袋子裡，而且警方還要問一堆事情，說不定最後她還會被當成追撞的嫌疑犯。

痛苦地閉上眼睛，她真的不想要被打擾……要怪就怪為什麼在這裡撞車吧！

想歸想，她最終還是悄悄地坐起身，不敢貿然地坐直，而是偷偷從裡頭望著外頭……咦？

撞毀的車燈依然亮著，車子的濃煙越冒越多，但是卻沒有那個女子的身影？郭紫帆焦急地坐直身子，努力地往左邊望去，那剛剛停下的那台車呢？

她瞧不見另一台車了，現場只剩下那台事故車而已。

救走傷患了嗎？這是正確的流程嗎？她以為應該至少要叫救護車，看那車頭全毀，撞擊力鐵定不小，女子走出來的模樣如此踉蹌，想必受了重傷，任意移動傷患，萬一讓她傷得更重那怎麼辦？

即使雨勢仍舊大，郭紫帆卻急著想要離開，她不想待在車禍現場，剛剛那撞擊如此響亮，說不定附近已經有人報警了，若警察來發現她在這裡的話……

砰！冷不防一個女人砰地趴上她的車前蓋。

「哇呀——」郭紫帆在車內發狂地尖叫著，看著趴在車前蓋上那渾身是血的女人！

女人自然全身溼透，長髮黏著臉看不清樣貌，但是她露出的一隻眼睛正直視著她，伸長了手朝著她的方向。

「救……救……」她像在說話，有氣無力地尋求幫助。

不……不要這樣！為什麼妳還在？

女人爬不上來，虛弱地又滑下了車子，郭紫帆第一時間是鎖上車門，這真的不關她的事，她只是在這裡躲雨而已！

「妳快走開……拜託妳，我不想惹事！」她在車內大喊著，「離開我車前！我求妳了！」

如果她不走，她要怎麼開車——啪！血手掌突然重重地擊在她左側的玻璃窗上，嚇得郭紫帆又是一陣驚聲尖叫！

「哇啊——哇啊——」她失控地大喊著，女人幾乎是巴在她的後照鏡上。

「開……開……」女人趴打著車窗，每一下都激出了血，再兩秒後又被大雨沖刷。

啪、啪、啪！她使勁敲著車窗，越敲越急。

郭紫帆隔著雨水沖刷的玻璃窗與她四目相交，看著那皮開肉綻的手掌擊上車窗，她轉身拉過了安全帶，火速扣上，鑰匙一轉發動引擎，再向左看了一眼。

「對不起。」

她踩下油門，女人瞪圓了雙眼抱著她的後照鏡，但郭紫帆沒有停，方向盤一打右就轉了出去。

她不想招惹是非，她沒有當目擊者的義務。

反正不是她撞的，大雨會沖刷掉所有痕跡，這一帶又是零監視器區，也不會有人拍到什麼。

望著眼前的道路，郭紫帆突然一驚……萬一，萬一那個女人也有裝「視鏡」怎麼辦？

如果……她沒敢煞車，她祈禱著不會有這樣的巧合，加快速度回家。

今天她沒有多作停留，也沒有看到什麼車禍，她的記憶是為了要記錄與丈夫的點滴而做的，不是要涉入麻煩事！

緊閉起雙眼，她調出了剛剛的影像記憶。

DELETE，是？否？

YES。

＊＊＊

車禍上了新聞，女人死在積水的路上，她竟然是某受虐女子基金會的組長之一，郭紫帆是認識她的！因為那就是他們固定捐款跟做義工的機構之一啊！

每次到那兒時，總是可以見到她笑吟吟的模樣。

「多可怕啊！居然是吳小姐！」丈夫走到餐桌旁坐下，「到底誰會做這麼殘忍的事？」

郭紫帆一凜，「殘……殘忍？」

是指她的見死不救嗎？

「是啊，她生前曾被性侵，全身都是傷，估計是因為這樣，逃走時才不小心發生車禍。」丈夫搖了搖頭，為她斟倒牛奶。

「什麼？」她愣住了，她沒看到這段。

趕緊滑開手機查閱……生前有被性虐的跡象，而且……死因是頭顱破裂？

「很慘啊，那麼善良的一個女孩！」丈夫搖著頭，「她是真的這麼愛那些孩子的！」

咦？郭紫帆瞪著平板發呆，那天她趴上她車前蓋時，頭還是好好的……嗎？她看不清，不記得了！

「頭顱破裂也是車禍嗎？」她喃喃唸著，新聞寫的卻是後腦勺被砸到幾乎不見了。

「這就不知道了。」丈夫朝窗外看去，今晨依舊斜雨。「這麼大的雨，那條路後來又淹水，聽說很多跡證都被沖刷掉了。」

是啊，郭紫帆跟著往窗外看去，她停在那兒的胎痕，是否也能跟著水一起流走？

「妳那天到哪兒去避雨了？」丈夫不經意地問著，「避雨是正確的，才不會因為視線不良發生車禍。」

「我沒有避雨。」郭紫帆飛快地回答。

冷靜。

她望著丈夫，給予肯定的微笑，丈夫困惑地瞇起眼，因為那天她的確提起找地方躲雨，會晚點回家。

事實上，她也晚回家了。

「妳那天快七點才回來，我中午就回家了，等妳等到餓得發慌，記得嗎？」他笑了起來，「不過兩天前的事而已耶！」

「我沒有躲雨。」她再強調了一次，「雨一時不會停，我只是開得很慢很慢而已。」

「哦？這也太危險了。」丈夫伸手過來，緊緊握住她的手，「以後還是找地方避，不然要是像吳小姐那樣怎麼辦？」

郭紫帆的笑容僵硬，「沒關係，我自己會注意的……你啊，先照顧自己吧！」

丈夫淺淺笑著，一副無所謂的姿態。「我啊，只想在剩下的日子裡，盡情做自己想做的事……想做的……」

心疼地看著丈夫那張日漸枯槁的臉，剩下的三個月裡，癌症會一天一點地吸走他的生命。
但是他眼神的光彩依舊，她就是為了記下那迷人的眼神，才裝上「視鏡」。
吃完早餐，丈夫主動洗碗，托著腮在餐桌上看著他捲起袖子的背影，竟也覺得幸福。
啪……啪……拍擊的聲音陡然傳來，嚇得郭紫帆背脊一僵。
她戰戰兢兢地往右方的窗子看去，一抹帶血的殘缺手印竟印在上頭。
什麼！郭紫帆嚇得站起，椅子被跟著往後推，發出緊張的拖曳聲。
嗯？丈夫回頭，只見她蒼白著一張臉，望著窗戶的方向，「怎麼了嗎？」
「啊？不！」郭紫帆緊張地看向他，極不自然地笑著，「沒事！只是雨好大所以我分心！」
丈夫蹙眉，就是覺得老婆怪怪的，竟擱下海綿甩甩手，就要走過來查看。
「沒事的！」郭紫帆緊張地繞過餐桌往前，試圖擋下他，「真的沒事……」
下意識再瞥了眼窗子，血印已然消失。
丈夫還是走過來，朝窗邊眺去，還仔細地看了會兒，確定真的沒事後，捏了捏她的鼻子。

「妳喔，就是神經敏感。」寵溺地笑著，他又轉身回廚房。

丈夫不知道，她已經汗溼了衣裳，看著那扇滴水的窗戶，血印是被水沖掉了？還是她錯覺？

剛剛手印太清晰，那天吳映薇並沒有完整的手印，她的掌心被劃開，所以手印上會有一個X字形的留白在中間。

緊張地絞著手，剛剛究竟是怎麼回事？

「我先上去拿包。」她說著，匆匆地往樓上步去。

今天還是要上班，想到等等要開過那條路胃就有點疼，她從衣架抓下外套，回到梳妝台畫上口紅。

啪——身後的窗子再度傳來拍擊聲！

什麼！

她真的跳起來，驚恐地望著對著床的窗戶，現下窗簾覆蓋，她看不清楚外頭。

啪——啪——

「呀！」郭紫帆嚇得掩嘴，那拍擊聲是真的！

這裡是二樓啊！

鬼！吳映薇的鬼跟著她回來了嗎？

『救……救……』她彷彿聽見了吳映薇的聲音，伴隨著拍擊聲：啪、啪、啪——

「不是我害妳的！」郭紫帆趕緊隨手把房門關上，不想讓丈夫聽見，「妳是自撞，不……我不管妳發生什麼，都不是我造成的啊！」

『開……打開……』那敲擊聲沒有絲毫稍歇，甚至越來越急。

「我不想惹麻煩，我討厭捲進無謂的事情裡！」郭紫帆隱約地已經看見，那窗外搖晃的人影，「拜託妳不要纏著我，冤有頭債有主！」

她抱著頭滑下牆邊，不敢再聽再看，她並非不信神佛，但是從來沒想過會撞鬼！

走！請妳走開啊！不要干擾我的生活！

門外突然傳來急促的敲門聲，丈夫在外頭轉著門把，「紫帆？妳怎麼了？紫帆？」

啊……郭紫帆抬首，趕緊抹去淚水，慌亂地站起朝窗邊再瞥去，黑影不再；努力保持心情平穩地深呼吸，抓過皮包開門。

「沒事啊！」一開門她便擠出笑容，「不小心鎖到了。」

「……」丈夫略帶狐疑，越過她往後留意整間房間，「我還以為發生什麼事了……好像聽見妳尖叫。」

「怎麼可能！」她僵硬地略推了他往外，「走了，再不走我上班要遲到了。」

「好好！一起出門吧。」丈夫跟著旋身往樓下走去，「我今天的課到下午一點，我下課後先去基金會慰問一下吧。」

「也好，畢竟跟吳映薇也是舊識。」郭紫帆說這句時，都覺得心虛。

她討厭這種感覺，她為什麼要心虛。

又不是她殺的，她甚至沒害吳映薇發生車禍，不過是碰巧撞見，不想說而已……不行嗎？

「如果他們有需要幫忙的，我們假日得抽空過去，或是我週五沒課，我也先過去看看，那邊的女孩們應該也很傷心，吳映薇一直很照顧她們。」丈夫嘆了口氣。

「當然沒問題。」郭紫帆輕笑，「你總是這麼心善，你真的很喜歡那些孩子。」都快到人生的終點，還在關心他人。

丈夫搖了搖頭，「那些孩子多美好啊，總是會心疼那樣青春年華的少女，卻被傷害至此。」

郭紫帆穿上外套，臨出門前依然緊繃，他們從廚房邊的側門出去，那兒緊鄰車庫，近得多；踏出門外時，郭紫帆下意識地環顧四周，甚至朝樓上看去，多怕看到那渾身是血的女人。

但仰頭，只瞧見窗邊的枝椏刮著窗子。

「妳如果累可以不必勉強，我知道妳都是為了配合我。」一人一台車，丈夫溫和地說，「妳以前對這種事都興趣缺缺的。」

「說什麼，我當然支持你，能幫助人我也很開心的。」她上前，吻了丈夫，「不要太累，好嗎？」

丈夫回擁了她，即使剩下半年，他還是堅持不辭教職，要如常地生活，這是令郭紫帆憂心的，但知道說不動丈夫。

他是瞭解她的，她的確對此不感興趣，她不喜歡對陌生人付出，也不想浪費時間。就像她不想成為吳小姐的目擊者，選擇逃離現場一樣。

本來無一事，何處惹塵埃。

這不是她應該做的事，郭紫帆驅車離開車庫時，又瞥了自家一眼：吳映薇，拜託妳，妳如果真要找人負責，請去找傷害妳的人吧！我是不會說的！

（待續）

目擊者（下）

她不願意成為那個目擊者。在她下定決心的那瞬間，她就沒有後悔的空間了……

吳映薇的新聞沸沸揚揚，一個專心於照顧中輟及家暴女性的妙齡女子，竟慘遭性侵與暴力殺害，芳齡二十一歲便香消玉殞，成了一個諷刺，行兇者彷彿在昭告天下，這個女子為了受侵害的女孩努力，最終卻也受侵害而死。

驗屍結果證實她在車禍前就飽受凌虐，逃出來時雙腳赤裸，遍體鱗傷，事發前兩天是她休假，因此也沒人留意她的行蹤，警方找到她的租屋處，日曆停在她出事的前兩天，鄰居說她根本沒有回去過。

驚人的是她撞上大樹的車子不是自己的，車主在她車禍同時報了案，他車子停在大賣場的停車場，鑰匙的確沒拔，想著不過買杯咖啡，回來車子便消失；大賣場鄰近地鐵站，附近人來人往，出入複雜，卻沒有人對傷痕累累的吳映薇有印象。

監視器再多，也不如人們多一份關心。

警方徵求那時有出入地鐵或停車場，裝設「視鏡」的人們，希望能提取記憶。

警方也懷疑事故現場有他人，也或許剛好有車經過，希望目擊者能提供行車紀錄器，就算沒有目擊事故，也希望那段時間路過的車子都能提供影片，多少能有線索；而那台盜來的車子上有條長約四十公分的銀色擦撞痕，不排除可能的追逐導致死者衝撞大樹。

目前檯面上的證據都只能推測，警方要的是明確的證據，才能突破。

聽著隔壁同事在聽取吳映薇的新聞，郭紫帆默默地吃完午餐，起身帶著牙刷到廁所刷牙。

徵求停車場的人嗎？提取記憶交給警方，這樣真的能找到線索嗎？

郭紫帆揉著太陽穴，裝設之後她未曾熟練，更別說得避開不讓丈夫知道，耳後隱隱作痛，她藥也照吃，但不知道為什麼就是覺得頭疼得要命。

她已經把那段記憶刪除了，否則……說不定在她偷瞄時，其實有記錄下後頭那台車的人影？

夠了！她以手盛水漱口，不要再去想這些無謂的事，她已經把那段影像刪除了！記得又如何？重點是她不想成為被詢問的人！

啪！過度熟悉令人膽寒的聲音自正上前方傳來，郭紫帆不可思議地一抬首，看見的卻是鏡子裡那溼髮覆面、全身是傷的女孩，用那掌心一個「X」切口的手掌，貼著鏡子拍擊！

「哇——」她嚇得向後踉蹌，但水槽排水口卻瞬間伸出一隻手，抓住了她的手腕，「呀——」

郭紫帆驚恐地尖叫，但此時此刻的廁所裡卻沒有任何人！

啪！啪——女孩焦急地敲著鏡子，整面鏡子都為之震動，郭紫帆哭著想抽回被握著的手，卻文風不得動！

看著那從排水孔竄出的手，手腕上有明顯的繩子勒痕，螺旋紋嵌進她皮肉裡，發黑不說，指甲全部都流血烏黑，指甲片不復存在的掙扎痕跡，郭紫帆緊咬著脣卻不敢直視。

「不是我殺妳的！我什麼都沒看到！」她嗚呼地喊著。

『……妳看到了。』女孩使勁擊了鏡面，『看到了……』

「我刪掉了……拜託妳不要再纏著我，我不想因為別人的事情困擾自己！」郭紫帆別過頭低泣著，「放過我吧！」

『妳記下了……』那張臉驀地貼上了鏡子，滿布血絲的眼球就貼在鏡上瞪著她，

『看……找……』

郭紫帆不敢睜眼，「我真的已經刪……」

「哈哈哈，真的嗎？」

「我就跟妳說很好看！」

門外傳來了明顯的笑聲，手上的力道陡然一鬆，那隻手不知道什麼時候消失，害得往後拉扯的郭紫帆因反作用力一路向後倒，撞上了某間廁間的門，直接摔了進去。

女廁的門被推開，嘻笑聲仍舊不止，郭紫帆跌坐在馬桶上，飛快地關上門，卻貼著門不停地顫抖……低首望向自己右腕，指痕清晰可見，那不是錯覺，剛剛真的是吳映薇來了！

為何對她緊追不捨？她已經刪掉片段了啊——郭紫帆突然一震，心裡湧現一個不該有的想法。

該不會這跟電腦一樣……她只是刪除，檔案還是存在於資源回收筒的意思？

輕顫長睫，她試著搜尋刪除檔案的資料夾，很快地看到了垃圾桶，然後……

那段檔案好好地躺在裡頭。

『妳記下了。』

＊＊＊

檔案還在。

郭紫帆茫然地把錢遞給店員，她覺得全身無力，完全不知道該怎麼辦。

「太太，您的檸檬塔。」店員將袋子遞前，卻沒有得到回應，「太太？」

「啊……」郭紫帆回神，敷衍笑笑，「謝謝。」

「這個。」店員壓低了聲音，手裡揚著她愛的巧克力蛋糕，「前天三點時蛋糕來不及送到，讓您先生撲了個空，今天店長免費招待給熟客。」

「這怎麼好意思？」郭紫帆有點吃驚，看著店員巧妙地把蛋糕放進袋子裡。

「都熟客了，別這麼說，店長授意的啊！」女孩往後瞥，長髮的女店長微微頷首，「大家都很羨慕你們。」

郭紫帆聞言，卻突然很想哭。「謝謝……」

接過袋子，鼻子酸楚湧上，她低下頭快步地離開。

幸福？她覺得僅存的幸福，說不定就要折在她手上了……如果她現在去跟警方說她是目擊者，那會是什麼狀況？

那天她明明在現場，卻對吳映薇不聞不問，默默地躲在車子裡不吭聲，兩天後才報案？如果吳映薇第一次求救時還活著、後來才被殺死，她豈不落了個見死不救的罵名？

或許法律上她沒有責任，但是正義之輩如過江之鯽，每個人都有批判的自由，她豈不是會被攻擊得體無完膚？她會失去工作、會失去寧靜，跟丈夫僅存的時光也會被謾罵與攻擊填滿，寧靜的生活就此蕩然無存！

明明不是她的責任，為什麼她要承受這些啊！

一路抹著淚，開著車往家的路上去，今天依然鎮日大雨，眼看著就快要到吳映薇的車禍現場了，郭紫帆遠遠地看見大樹邊的封鎖線，在風中晃動著……

她不想交出去，她不願意成為那個目擊者。

在她下定決心的那瞬間，她就沒有後悔的空間了——右邊突然衝出了一個人影，筆直飛快地朝她衝來！

天哪！是吳映薇！

軋——

「呀——」郭紫帆驚恐地猛踩煞車，整個人趴在方向盤上瑟瑟顫抖。

恐懼地揚睫朝車前蓋看去，沒有任何人在那兒，但是只差幾公尺，她就要撞上那棵可憐的大樹了！

「不要逼我！我什麼都沒看見！」她失控地尖叫，「我對妳沒有義務！是誰規定一定要做好事的！誰規定我看見了什麼就要說！妳滾！」

深呼吸，她緊咬著唇重新踩下油門，一路飛奔回家。

說是這樣說，但是她不知道要怎麼解決掉陰魂不散的吳映薇……去廟裡嗎？還是請什麼高人，不是她的錯卻要她扛著，這不公平！

「紫帆？」一進家門，丈夫就發現她近乎崩潰的眼淚，「妳怎麼了？」

郭紫帆搖著頭，她逼近潰堤，她再也不想要一個人扛著了！

「老公！」郭紫帆張開雙臂，她撲進了丈夫懷裡，「我受不了了！」

「……」丈夫相當詫異不解，輕輕地撫著她的髮，「妳冷靜點，告訴我發生什麼事了？慢慢說！」

「我……」她仰起頭，「我看見吳映薇的車禍了，她死得不甘願，拚命纏著我！」

丈夫望著她，眼神裡載滿著困惑，「什麼？等等，紫帆，妳說清楚。」

丈夫將她扶到沙發上坐下，趕緊先沖了杯熱茶讓她平復心情，再次詢問著她剛剛說的荒唐，郭紫帆只能哽咽地道盡一切。

只是，丈夫並不在意亡靈之說，他單單聽見她安裝了視鏡，便怒不可遏地跳了起來。

「我說過我痛恨那種東西，妳現在……妳現在看著我，是在記錄我嗎？」丈夫氣急敗壞地瞪她，「郭紫帆！」

「我只是想要記下你的臉、你的笑跟聲音！」她揪著心哭喊，「我想珍惜最後的時光！」

「用心記著我這麼難嗎？妳寧願用科技也不願用心？」丈夫完全無法接受，「妳一天不拿下來，我就再也不會出現在妳面前！」

他憤怒地轉身就往樓上去，郭紫帆呆坐在沙發上，完全不知所措。

這是怎麼回事？郭紫帆回眸看著丈夫奔上樓的背影，她是因為愛他才這麼做，他為什麼要動怒？而且現在問題在她成了不想承認的目擊者，當務之急是解決這件事吧！

「老公！」郭紫帆焦急起身要追上樓，卻在踏上階梯時，瞧見了玄關上不該有的水漬。

左眼眼尾瞧見水窪，一灘一灘地在她家玄關的木板上。

他們鞋都是放在玄關下的櫃子裡，不可能滴下這麼大的水窪……郭紫帆全身開始發抖，她收回了腳，踏回平地，循著那水漬往裡看……一路往她面前的樓梯底下去。

樓梯下方的三角空間……她僵著身子無法動彈，如果她不願意成為目擊者，吳映薇是不是打算纏她一輩子？

啪——擊水聲終究還是響起，果真就從樓梯底下傳來，有什麼東西一掌擊在水灘裡；然後啪、啪、啪地從樓梯下往外移動，直到一隻青色的手從黑暗伸出！

不不不！郭紫帆踉蹌地後退著，「別過來，別過來……」

纖細帶傷的手還是從樓梯下出現，吳映薇緩緩爬了出來，長髮依然溼黏地蓋住她的臉，但她瞪圓的眼卻異常清明。

「我……我可以調出檔案，妳要給我時間好好處理這件事，至少讓我匿名把影像交給警方。」這是她唯一能想到的方法，「妳不要再纏著我，我沒有錯！」

吳映薇整個人爬了出來，就位在樓梯下方，手臂上都是紅紫的痕跡，像是被抽打的傷。

『救……救……』她說著，頭喀喀喀地往左邊抽動。

「走開啊！」她忍著胸間的恐懼，卻不敢大聲聲張。

『救——』說時遲那時快，吳映薇突然一陣風似的，疾速地朝她爬過來！

「哇呀！」郭紫帆失控地放聲大叫，「老公！老公——」

遠水哪救得了近火，望著加速衝來的吳映薇，她慌亂地轉身後退，直接奔出了廚房的側門，冒著雨衝進車庫，將門緊緊鎖上！

滑落在兩台車中間的地上，她哭得不能自已。

「我調！我立刻調——為什麼要逼我！」郭紫帆在車庫裡怒吼，「這是我的責任嗎？目擊不舉報，我錯了嗎？」

到底為什麼要怪她！

快速且慌亂地打開垃圾桶，她選取檔案後，選擇了還原，那段影像紀錄果然好整以暇地回到了原本的時間段。

四天前的下午五點四十分，她聽見驚人撞擊的時刻。

不熟練地操作著，她竟真的可以選擇暫停，「視鏡」的解析度之高，可以放大再放大……當時的她偷偷探身往外探，雖然只有幾秒，但眼界範圍還是清楚地看見了跟來的後車。

地上出現的影子也很清楚，所以那個人就在角落。

放大再放大還是一團黑，她尋找調亮模式，至少把影像弄清楚，截圖後她甚至可以直接上傳給警方……不，不行！她必須匿名發送，或許先傳到自己的信箱，再想辦法送出去。

絕對，不能成為目擊者！

畫面太模糊，她必須加強再加強，才可以辨識臉部五官……還有那台車，或許車號也可以摘錄？

如果能記下車號，說不定連影像都不需要，她只要匿名給警方那組車號就可以……

「視鏡」調取檔案與現實是同步的，郭紫帆依然看得見現實世界，她一邊試著調整解析度，眼尾餘光看見的卻是眼前這台車，側邊莫名的刮痕。

『死者車子右邊有一道刮痕，來源是銀色的車子……長達四十公分以上……』

丈夫這台銀色的車子上，曾幾何時有了這麼長的刮痕，這樣的擦撞，他未曾提起。

前天，老公的課只到上午十一點，他說他中午就回家了，但今天那個咖啡廳的店員說了什麼？那天他下午三點多時，買巧克力蛋糕撲了空。

「嗚……嗚……」微弱的聲音突然從後車廂傳來，郭紫帆淌淚地雙眸望向聲音的方向，扶著車子吃力站起。

她突然忘記了亡者的追擊與恐懼，小心地移動到車子後方，聲音是從丈夫的車子裡傳出來的。

她茫然地打開，車廂裡那全裸被綁著的少女如驚弓之鳥，全身發抖地看著她，螺旋紋的繩子束縛著她。

『你真的很喜歡那些孩子。』

『是啊，那些孩子多美好啊，總是會心疼那樣青春年華的少女。』

多美好……

郭紫帆看著少女，她認得那個女孩，每次去那邊當義工時，是丈夫特別不喜歡的那位，總是避開接觸……為了避嫌嗎？

快速眨動著眼睛，她無法相信自己親眼所見。

喀噠，車庫與家裡連通的門傳來聲響，郭紫帆飛快地蓋上了車廂蓋，轉身朝向門口走去，丈夫打開了門。

「怎麼了？妳剛在尖叫！」丈夫焦急地看向她，「妳跑到這裡做什麼？」

「我……」她看著自己深愛的丈夫，「我在試著提取記憶資料……」

「提取……那天的車禍資料嗎？妳不是說刪掉了？」丈夫溫柔地搭上她的雙肩，

「我剛生氣是我不好，但妳知道我有多討厭視鏡……但我們先冷靜思考這件事，妳現在如果去檢舉，警方會懷疑妳當初為什麼不舉發！」

嗚……嗚……車廂裡隱約傳來扭動的聲音。

擱在她肩頭的手略緊，郭紫帆可以感受到丈夫的緊張。

「我知道，我只是想確定它刪除徹底。」郭紫帆幽幽轉過身，她無法冷靜地看著丈夫，卻赫然在她的車前蓋上，看見了趴在上面的吳映薇。

淚水不自制地湧出眼眶，她咬著脣，忍著不哭出聲。

「那好。」丈夫在後頭輕聲說著，「刪除後，我們先進屋吧。」

車前蓋上的吳映薇伸長了手，激動地張嘴大叫：『救——』

郭紫帆緊閉上眼再轉回身，卻突地感受到一股撞擊自上方劈下。

斧頭直接劈進她的腦殼，郭紫帆什麼都沒看仔細，只看見斧頭再度被抽起，丈夫狠狠地一記再一記，劈開她的頭顱，再劈爛她的腦。

郭紫帆的身體頹然倒在兩台車中間，她的頭顱開成一朵燦爛的花，腦子被砍成數塊，滑溜地散成一地。

「真正的徹底，永遠是毀掉硬碟啊！蠢貨！」丈夫滿臉是血，舉著斧頭忿忿說著，「我早說過，這玩意兒不能裝——閉嘴！」

伴隨著一陣怒吼，他掌心重擊自己的後車廂，要裡面的少女噤聲。

郭紫帆瞪大眼睛，看著朝她爬來的吳映薇，她滿臉淚水，張大的嘴難以言語，伸長手朝著她。

『救……救……自己……』

啊，原來是救自己啊。

瞪大眼的郭紫帆記錄著眼前最後的影像。

她裝視鏡，原本是為了記下老公最後的身影。

那即使枯槁，卻更加神采奕奕的雙眼。

『我啊，要在人生最後的時光，盡情做自己想做的事……想做的……』

影像雜訊處處，丈夫不知道，記憶裝置是放在耳後，不是大腦裡。

『請問要將所有資料上傳到警方系統嗎？』

郭紫帆嚥了氣，闔上了雙眼。

確定。

最後，她還是成為了目擊者。

教授向世人表明他就是變態，喜歡玩弄女孩，還鼓勵世界上如他一樣的人不要壓抑，應該盡情展現自我……

繼「教授變態殺人事件」後，社會上失蹤者卻有增無減，警方幾乎已經確定「Copycat」模仿犯的出現，甚至不排除不僅一人，造成人心惶惶。

當初那道貌岸然的教授殺害妻子、姦殺女子的新聞震驚社會，檢舉者還是教授的妻子，她將自己安裝在瞳孔裡的「視鏡」影像上傳到警局，死前舉發了她的枕邊人。

但教授已是癌末，他絲毫不以為意，他甚至向世人表明他就是變態，喜歡玩弄女孩，還鼓勵世界上如他一樣的人不要壓抑，應該盡情展現自我。

「一共九十二元。」咖啡廳櫃檯的女孩略紅著臉，為男孩結帳。

這是每天固定會來這裡買麵包的學生，長得十分好看，她留意他許久，男孩把錢遞給她時，把握在掌心裡的一隻粉色小熊吊飾推上前。

「這個送妳。」

噢噢噢！同事們偷瞄，大家都知道嘉琬留意那男生很久了，原來不是單相思嗎？

「謝……謝謝！」她欣喜若狂，綻開笑顏地收下。

「只是剛好來到。」男孩補充說明，外人聽起來倒有點欲蓋彌彰。

陳嘉琬愉快地為他裝袋，欣喜之情溢於言表，男孩往旁一瞥，櫃檯上有塊突兀的感謝牌。

「這是？」

「呃，教授事件的感謝狀。」陳嘉琬有點尷尬，「我們這裡陰錯陽差地協助警方找到證據。」

在警方逮捕教授那天下午，教授之妻照例來買檸檬塔，而她們送了妻子一塊巧克力蛋糕，據說是週一教授扼腕沒買到的；同事間輾轉流傳，最後陳嘉琬說想送給熟客教授，組長欣然同意，因為這間店裡每個店員都認識教授夫妻，他們是公認「鶼鰈情深」的一對。

誰曉得，教授週一根本沒來，而這件事引發了妻子的懷疑，檢舉信上除了妻子自己被殺的影片紀錄、被困在後車廂裡的全裸少女外，還有一行字：調查教授週一的行蹤。

由此找到了許多關鍵證據，教授的確常利用週一犯案，只是那個關鍵週一，他偏偏沒外出，卻因為一名麵包店員工記憶錯誤，間接破獲這起案件。

不管有心無意，感謝牌是頒下來了。

「喔，原來，不過現在失蹤者反而增加，聽說有模仿犯。」男孩輕嘆。

「是啊，現在回家都提心吊膽，後面只要有男人跟著，或是看到比較怪的眼神，我都不知道該怎麼辦！」店員小米跟著聊天。

哼，男孩嘴角輕笑，「大家對Copycat的想法太窄了吧？外貌不能代表什麼，誰說模仿犯一定會是男的？長得一定猥瑣？說不定很年輕很正常、說不定……就是個活潑開朗的女生啊，就像她？」

他笑著指向陳嘉琬，惹得眾人輕笑。「哎唷，對不起！你說得對，不能以貌取人。」

男孩聳了聳肩，陳嘉琬將麵包遞上前，最後還是沒敢偷偷來個手指觸碰。「謝謝光臨！」

男孩頷首而去，其他店員們上前調侃。「不錯嘛，說到話了！」

「妳剛有趁機碰他的手嗎？」

「妳們好煩喔！」陳嘉琬紅了臉，「我進去喝口水！」轉身離開櫃檯，匆匆地跑到窄小的員工休息室，只是甫一進門，差點沒被站在裡頭的人嚇到！

一個微胖的女孩站在置物櫃前，回頭幽幽地望著她，全身上下散發的陰森感，總是令人看了不快。

「朱詩婷，妳幹嘛！偷懶喔？」她碎唸著，走到自己的置物櫃邊，「我記得妳要幫忙洗所有碗盤，還有隨時打掃，懲罰妳愛說謊不是嗎？」

朱詩婷，便是那個「誤傳」的員工。

是她親口說看見教授週一來買蛋糕未果，所以她說下次再補給教授，因此四處問人是否可用權限送蛋糕給教授？人緣差的人連好idea都會被奪去，最後陳嘉琬拿到主導權，將事情形容成大家想送，組長同意，再由當班的陳嘉琬轉送給教授妻子，進而引發案件曝光。

雖是大功一件，但店長對於朱詩婷的亂說話無法容忍，教授明明沒有來，她憑什麼如此斬釘截鐵？還搞出送蛋糕什麼的這麼多事？

以協助廚房洗碗盤、清掃整間咖啡廳及連續一個月最後離店作為懲罰，要她管好自己的嘴。

反正是不討喜的同事，沒有人會幫她說話，就這陰森的態度當服務生根本不合格，陳嘉琬向來也討厭她，再加上有人收拾大家都輕鬆，沒什麼不好。

「我不是說謊。」朱詩婷凝視著她，「我是看到。」

「嗄？」陳嘉琬皺起眉，把水瓶放回置物櫃裡時，砰地關上櫃門。

鮮血濺上陳嘉琬的臉。

她的肩她的額上根本鮮血淋漓，甚至從她的櫃子裡，都漫出涔涔紅血，簡直像瀑布般溢流而下！

這，是只有她看得到的景象，就像在教授肩上看見那個女人一樣。

「妳幹嘛這樣看著我？很煩耶！」陳嘉琬被看得厭惡。

「妳要小心……非常非常小心。」

「說什麼啊！」陳嘉琬不爽地往前，趁機使勁撞開她，「陰森森的，看了就討厭！」

朱詩婷踉蹌向旁倒去，看著要離開休息室的陳嘉琬的小腿肚上，又冒出了一枚清晰可見的血手印！

她知道，陳嘉琬會出事。

＊＊＊

套上大衣，女孩的神情極度落寞，小米上前安慰，叫她不要一直想著那男孩，被拒絕也不是什麼天崩地裂的大事，戀情不是還沒開始嗎？陳嘉琬卻看著鉛筆盒上的吊飾，難道是她會錯意了？

「我想找他再說清楚。」她幽幽地抹去淚水，「我真的很喜歡很喜歡他。」

「他不是說暫時不想戀愛？還是學生？」組長輕聲勸慰，「好了，吊飾拿下來吧，妳不是有個寶貝收集盒，放進去，當個念想就好了。」

陳嘉琬搖了搖頭，又嘆口氣，「我想讓他知道我可以等他。」

「怎麼這麼痴啊妳！」小米搓搓她的頭，她們得出去工作了。

門一開，卻見朱詩婷赫然就站在門口，用死氣沉沉的眼神瞪著裡面，大家臉上都露出嫌惡的神情，扭著身走了出去。

「妳要去找他？」

陳嘉琬嚇了一跳，轉頭看見朱詩婷，扯扯嘴角，「關妳什麼事，我下班了。」

「我說過，妳要非常非常小心。」朱詩婷上吊的眼球像瞪著她似的，「那個人說不定不是善類。」

「嗄？」陳嘉琬簡直不敢相信，「妳在胡說八道什麼啊！」

朱詩婷猛然上前攔住她，「妳全身都是血！妳會出事的！」

什麼？陳嘉琬瞪圓雙眼，看向陰陽怪氣的同事。「什麼血……」

「我看得見，妳會出事，妳的手上還有血的握痕……那個男生搞不好就是模仿犯，或是妳會遇上——」朱詩婷激動得語無倫次，「反正我看見的從不會錯，妳不要——」

餘音未落，陳嘉琬一把撞開了她。

「瘋子！我聽妳在胡說八道！」陳嘉琬揪緊胸口，「他只是一個高中生好嗎？瘋了妳！」

陳嘉琬急忙奪門而出，男孩轉車的時間是固定的，他就要經過這裡了，她一定要設法攔住他！

被撞倒在地的朱詩婷說不出話，她像斷線的木偶般垂著頭垂著雙肩，耳邊傳來滴答滴答……的滴水聲。

緩緩轉向左方，看著陳嘉琬的置物櫃裡，流下了更多鮮血，她不會看錯的。

教授的事，她就沒有看錯。

＊＊＊

原本要攔下男孩，最後演變成了跟蹤。

陳嘉琬完全不能理解，為什麼他轉乘到詭異的地方，甚至一路走到最荒僻、最陰森、鬧鬼傳聞最多的廢墟棄地？

她放輕了腳步，深怕被發現地躡手躡腳，男孩突然止了步，她嚇得閃身躲到一旁的廢屋旁。

這裡是一整片的廢墟，道路兩旁均有破敗的石磚屋，幾乎只剩一樓而且絕大部分沒有屋頂，因為產權問題無法解決，晚上總是有狗吹螺之聲，尤有甚者，許多人都聽過莫名慘叫與哭泣聲，是連街友都不敢住下的陰森之地。

沙沙，昏暗的雜物瓦礫堆裡有一雙發亮的眼睛，貓兒的雙眼在夜色中晶亮，蹬得一下衝了出去。

「哇！」吳以洋低聲驚呼，看見黑貓衝離，不由得緊張了一下。

原來是貓。

他認真梭巡一遍，天色過暗，但也不該大意，只是覺得似乎有人跟著他？

聽見踩過物品的聲音，陳嘉琬知道他又移動了。

天色暗得很快，路邊殘存的路燈亮起，但等到通亮還有一陣子，視野因此有點模糊。

不過對於在意的人，化成灰她都會認出來的！

吳以洋越走越偏僻，再走下去連路燈都沒有，在某個暗角，陳嘉琬突然失去了對方的身影。

糟糕！陳嘉琬焦急地往前，身邊路過的廢屋沒有屋頂，蓋著厚重的防水布，白色的牆面漆著深綠色的太陽圖騰，她緊揪著心口，一顆心加速跳動。

朱詩婷的聲音此時在腦海裡響起，『妳會出事、那個男生搞不好就是模仿犯，或是妳會遇上——』

她知道，吳以洋才不是那樣的人。

再過去有一間廢屋還存有屋頂，外觀尚稱完整，透過仍存在的破敗玻璃窗，隱約地瞧見搖曳燭光。

「呀——」

一陣驚叫嚇得陳嘉琬顫了身子，她呆站在路上，慌亂地不知道該往哪裡躲去。尖叫聲？她緊咬著脣蹙起眉，這是不可能的事情！

咬著牙，悄悄地從破裂的玻璃窗裡往內探，玻璃髒到看不清楚裡面的景物，所以她伸手緩緩地擦掉外頭的髒汙——唰。

陡然一張臉就在窗子裡，瞪著她。

「哇呀——」陳嘉琬嚇得往後跌倒，狼狽地滑下小石丘，還被自己絆了個四腳朝天。痛！聽到破敗的門開啟，她趕緊回首，刺眼的燈光首先射入眼睛。

「妳……是妳？」吳以洋意外地打量著她，「妳為什麼會在這裡？」

陳嘉琬慌亂站起，不安地隻手遮著手電筒，吳以洋關掉手電筒，不解地打量著陳嘉琬，「妳跟蹤我嗎？我……天哪，我以為我說清楚了！」

「我只是想告訴你說，我願意等你畢業……」陳嘉琬眼尾朝屋子裡瞄，「卻沒想你走到這裡來？」

「我對妳沒有興趣。」吳以洋沉著臉，「請妳離開。」

陳嘉琬不安地嚥了口口水，「我剛剛聽見……」

「閉嘴！」吳以洋突地怒吼，「妳還偷聽？」

「我只是、我只是想……」她焦急地想解釋，卻看見屋內又走出另一個人。

「以洋？」

那是個相當有氣質的女人，而且看上去比男孩年長不少，她狐疑地蹙眉，不解地看向眼前的男孩與女人。

吳以洋臉色轉為陰冷，卻緊繃地微顫，回首看向女人，低語叫她進去。

「認識的？」

「不算認識……只是車站咖啡廳的服務生，我轉車時都會去買個麵包，結果她說喜歡我。」吳以洋語帶厭煩，「但我已經拒絕她了。」

女人嘆息，「你應該……跟適合自己年齡的人在一起的。」

吳以洋驀地一把抓過女人的手，「夠了沒？這個問題要討論幾次？我就只喜歡妳喜歡妳！」

喜歡妳。

陳嘉琬覺得有點遭到打擊。

「就是因為她所以你才拒絕我嗎？什麼學生還不想談戀愛都是屁話！」陳嘉琬緊皺起眉，「還怕被看到，不惜跑到這種地方來幽會？」

吳以洋不爽慍怒，「到底干妳屁事？妳為什麼要自作多情！」

「你送我這個啊！」陳嘉琬拎起包包，翻找出鉛筆盒尾端上的粉色小熊娃娃。

「我在車站想夾藍色的給妳。」他轉向女人，「卻夾到粉紅色的，嫌丟掉太浪費，就順手送給她了！」

順手……陳嘉琬看著男孩，失聲而笑，「只是順手？」

「對，我對妳沒有任何意思！送妳是我不對，早知道就丟垃圾桶！」吳以洋極度懊悔，「抱歉讓妳誤會，現在說清楚了，妳可以走了吧？」

氣氛沉悶，豆大的淚從陳嘉琬眼裡掉。

吳以洋留意到天色完全暗去，憑添恐懼氛圍，這裡一經曝光，他跟老師的約會也無法順利了。

男孩與女人進屋，收拾好東西後步出，女人擔憂陳嘉琬的安危，但是吳以洋卻不希望她說話。

「最近治安不好，這裡也危險，妳早點回去吧。」吳以洋冷冷地撂下話，「我不會再去那間咖啡廳了。」

不會再去那間咖啡廳了。

「我只是喜歡你而已！」陳嘉琬突然趨前大喊。

吳以洋戛然止步，真的是有完沒完！「妳這種偏執加跟蹤，根本就是個變態好嗎?!」

「以洋！」女人阻止他口出惡言，倉皇回頭。

然後迎頭一陣重擊，她甚至什麼都沒看清楚，就這麼倒了下去。

「老師！」吳以洋驚慌看著一道血自女人額上飛濺，嚇得愣在原地，措手不及地看向眼前的女孩。

陳嘉琬臉上濺滿了豔紅的血珠，手上拿著隨手撿的木頭，上面還有未拔除的釘子，尖端上頭正沾黏著女人的組織。

她用發亮的雙眼看著男孩，綻開狂喜的笑容。

「是啊，我是。」

砰！

＊＊＊

頭疼欲裂，男孩先聽見聲音，那是重物拖曳音，他痛得抬不起頭、全身也無法動彈，漸漸地感受到自己的右臉頰貼著地，緊接著感官知覺恢復，一陣令人作嘔的惡臭撲鼻而來！

唔！他拚命地睜開眼，眼前是他深愛的女人，右半部的頭顱凹裂，他沒有意識到她第一時間已經死亡。

腐臭味讓他作嘔，他開始試著起身。

「醒了嗎？」女孩的聲音輕快，一雙沾滿塵土的手伸來，拖走女人。

「……老師。」吳以洋伸出手想拉住女人，誰知眨眼間，女人頹軟的身子竟從他眼前消失——唰！

女人身後地板有個洞穴，惡臭即是從下方湧出，陳嘉琬將女人的屍體扔下，他瞪圓著眼無法反應，只看到有條繩子咻咻咻地往下落，然後——呃啊！他的身子跟著一顫，也朝著洞穴滑下去了！

不——

生死關頭的腎上腺素發達，吳以洋雙手及時扣住洞緣，但是腰上繩子一緊，腰上的老師好重啊！

「你說我們多有緣分？你連約會都約在我的收集盒附近。」陳嘉琬來到他面前，從容地蹲下，「命中注定你要成為我的寶貝！」

「妳……變態……」吳以洋咬著牙，他甚至不知道這是哪裡，鼻息間的腐敗味讓他明白這地底下還有什麼！

「下面有兩層樓深，都是我的寶貝……噢，你如果很餓的話，可以先吃你的老師。」陳嘉琬珍惜般撫著他的臉。「但我不會回來的，你會永遠成為我的。」

太扯了！這不可能！吳以洋無法承受現實，這到底是怎麼回事！

「放我上去，我們可以……做朋友。」

她手掌心握著那粉色的小熊，雙眼笑成彎月兒，搖了搖頭，將小熊先扔了下去。

「你知道我什麼時候喜歡上你的嗎？」

「妳這個……變態！妳這個——模仿犯？」

陳嘉琬綻開了燦爛的笑顏，突然趴在地上，俯身吻上他滿頭大汗的額。

「我就知道你記得！你承認我的那瞬間，我就愛上你了！」

深情款款，她凝視著吳以洋，然後一根一根，扳開了他扣住洞緣的指頭……

「哇啊啊——」

陳嘉琬熟練地要將沉重水泥塊推動封上洞口，以免屍臭引來注意，這個洞可是她跟教授一鏟一鏟挖出來的。

教授是她的人生導師，她協助教授綁架了那些女孩子，可身為一個，只能活在教授的陰影下的人，直到那天男孩一句話肯定了她。

『大家對Copycat的想法太窄了吧？外貌不能代表什麼，說不定很年輕很正常、說不定……就是個活潑開朗的女生啊，就像她？』

帶著愛戀之心，陳嘉琬聽著地底傳來的哀鳴，事情告一段落，就該處理朱詩婷了！那個討人厭的傢伙說了什麼？全身是血的她？身上的血手印，呵呵呵，那當然……陳嘉琬喜不自勝地笑了起來。

只是朱詩婷有一點說錯了，要小心的從來不是她。

但朱詩婷是不是真的有陰陽眼？一切都是她害的，教授那週一明明沒來買蛋糕，她為什麼要這樣說，害她親自送了蛋糕給師母，才害教授曝光。

她連找機會跟教授說明都無法，教授會不會因此誤會——砰！

後腦勺冷不防遭受一記重擊，陳嘉琬措手不及地直接往前仆倒在水泥塊上。

來人拖過她腳向後，好把她塞進那即將閉闔的窄小洞口，陳嘉琬昏沉不清地看著陰暗的人影，她連是誰都不知道，只知道自己的頭與肩被往洞裡塞去。

「……誰？」

「叛徒。」

連尖叫都來不及，陳嘉琬落進了她自己的收集寶盒裡。

男人飛快地將水泥塊推動封口，拿走地上的所有證物，小心翼翼地探頭向外，確定無人後揭開防水布，防水布蓋著的牆邊，有個綠色太陽的噴漆。

Copycat，從來不排除僅有一人。

反撲——朱詩婷篇

被霸凌的人，一定得躲在黑暗裡哭泣嗎？就沒有人想過他們會有反擊的一天嗎……

哐啷！

一整罐的胡椒粉撒了一地，背對著的女孩僵了背脊，她手上正拿著拖把，緩緩回首。

「唉呀！真對不起！」小米無辜地眨著大眼，「我不是故意的，不小心掃下去的。」手拿著抹布的她，用那種明擺著就是故意的口吻說著。

「妳怎麼這樣，朱詩婷才剛拖完，妳也太故意了吧？」另一個同事說著，走了過來，「哎呀，我不小心踩到了。」

鞋子踩過胡椒粉，女孩刻意踏上她剛拖過的未乾地面，留下一屋子的胡椒粉鞋印，朱詩婷只是靜靜看著，握緊了拖把。

她最近被咖啡廳店長懲罰閉店後的總收拾，因為一起案件的謊言。她親口說看見熟客，卻是個變態殺人狂的教授買蛋糕未果，所以利用機會轉送給師母，卻間接引發教授妻子懷疑教授行蹤，進而引發案件曝光；雖是大功一件，但店長對於她的亂說話無法容忍，為此懲處她。

最後收店已經最晚才能離開了，同事們卻還在落井下石。

「喂，妳那什麼臉？看了就討厭，陰沉得煩！」小米嘟囔著，「怎麼有人這麼不討喜，連笑都不會嗎？」

朱詩婷低垂著頭，握著拖把柄的手更緊了。

「喂，朱詩婷，妳不是天眼通嗎？陳嘉琬去哪裡了？現在連那個男生都失蹤了耶！」秀美在旁唸著，「嘉琬說要去告白，結果誰都沒回來！」

幾個同事開始討論咖啡廳裡失蹤的同事，一個活潑開朗的女孩，因為想去找心儀的男孩二次告白，結果雙雙人間蒸發。

「可以了！」櫃子後的人涼涼地出聲，「都幾點了，是要掃到什麼時候？」

「店長！」女孩們吱吱喳喳往休息室去，朱詩婷道歉地趕緊回身拖地。

「已經要十點了！妳不想回家我還想回去。」店長叨唸著，拿著掃把走來，「怎麼一點小事都做不好？」

「對不起……」她怯生生地回應。

「又不是在怪妳，妳不要老是用那種臉對別人！」店長深吸了一口氣，帶著點不耐，「妳知道錯在哪裡嗎？」

看著店長把胡椒粉掃掉，只是心慌，「……知道。」

「真的知道嗎？」店長厲聲再問了一句。

沒有吭聲，她說不出話，她不知道自己哪裡錯了。

她看得見不尋常的東西，看見那個溫和有禮的教授身上背著少女的怨魂，所以她使計讓教授被抓了！

她阻止了更多人被殺，為什麼她要受罰？

就因為她胖她醜她陰沉？她不開朗，不想與人打成一片，不想做任何社交，這樣就不見容於世嗎？

看得見可怕的東西已經讓她的人生蒙上陰影，她不喜歡與人交際是因為恐懼，不敢對上眼是因為怕看見其他東西！

「唉，好了！妳去換衣服下班吧！」店長一把搶過她手上的拖把，「剩下我來就好。」

「不不，對不起，我會弄好！」朱詩婷慌亂地想搶回拖把，天曉得店長這樣做，她得付出什麼代價。

「快去！拖拖拉拉，給妳做要做到什麼時候！」店長嫌惡地低吼，動作俐落地掃起來。

朱詩婷絞著雙手，難受地走回休息室。

女孩們換了衣服，原本說笑的氣氛在她一進屋後靜了下來，她們都用輕蔑的眼光看著她，在這個職場裡，她原本就是不受待見的人。

「喂，妳知道陳嘉琬在哪裡嗎？」

換著衣服時，小米堵在置物櫃的小走廊質問著她。

她不敢在她們面前換衣服，因為大家身材都很好，就她又肥又腫，她不想再被恥笑。

搖了搖頭，下意識瞥了左邊的置物櫃一眼。

「妳不是很厲害，什麼都看得見？」小米冷笑著。

暗暗捏緊了自己衣角，店長是故意的！故意先叫她進來，就是要讓這些女孩欺負她！不然平日她清掃完時，這些同事早就走了！

「說話啊！」秀美不耐煩地上前，「嘉琬的媽媽來找的那天，妳明明說出事了，我就在旁邊聽得一清二楚！」

「……我沒說。」朱詩婷低垂著頭，緊張地瞄著隔壁櫃子。

『嗚嗚嗚……』嗚咽的哭聲從置物櫃裡傳來，黑色濃稠的血液汩汩流出。

朱詩婷顫著身子，她知道……陳嘉琬已經出事了。

「妳不是真的有陰陽眼啊？嘉琬跟我提過，妳說她身上有血。」小米再質問。

朱詩婷只是搖頭，用力地搖頭。

發現教授屠殺少女，她使計舉發的下場是被欺負與職場霸凌，發現同事可能有難，她又被當怪胎，她好不容易才有份做超過一年的工作，她只想好好地做下去。

她只想靜靜地完成工作，不傷害任何一個人，為什麼不放過她！

「夠了！」

門打開，店長的命令傳來，女孩們這才鳥獸散。

瞄著在門口與其他人道別的店長，朱詩婷心中有怨！到底為什麼要針對她，這一年以來，同事們的輕侮都跟店長有關，她不出手卻是背後的主使者，不是在旁邊漠視，就是噙著笑觀察，每每出聲的制止不是幫她，而是叫她們暫停。

一次又一次，連她其實抓到了壞人，店長還變本加厲地罰她！

強忍著淚水，轉過頭，她覺得她快撐不下去了。

「……Party？好哇！」

「那餘興節目……如何？」

「……是……為什麼……」

「可是……」

外頭傳來窸窸窣窣的聲音，朱詩婷隱約聽見幾個關鍵字，心裡更加不安，她飛快地換好衣服，瞄著半敞的門，店長還在跟女孩們說話，她深吸了一口氣，悄悄打開了隔壁置物櫃。

陳嘉琬的置物櫃早已清空，並未上鎖，裡面塞了一個女孩，瘦骨嶙峋地折疊在裡面，瞪大的雙眼看著她。

陳嘉琬是餓死的嗎？朱詩婷蹙起眉，不太明白為什麼，她明明事先警告過陳嘉琬的——喀嚓！

閃光燈亮起，朱詩婷嚇得砰地關上櫃門，倉皇失措地回身。

店長拿著手機，唉呀一聲地尷尬笑著，「呃……我沒想到有閃光燈。」

「……妳……妳幹嘛？」朱詩婷低下頭，店長在偷拍她嗎？

「那個，不小心按到！我本來要自拍的！」

說謊，這麼亂的休息室自拍什麼，她明明在偷拍她！

「妳在……拍我嗎？」朱詩婷揪著衣服，緊張地問。

「我、我怎麼可能會偷拍妳，拜、拜託！」店長翻了個白眼，後面沒說出口的彷彿是：妳也不照照鏡子？

為什麼要偷拍她，朱詩婷滿腦子都是惶恐憤怒，要取笑她身材？還是會上傳ＩＧ？剛剛她們在聊的Party或餘興節目又是什麼？

「對了，這週日不必到這裡上班。」店長從容地收拾東西，「妳……五點到我家。」

「咦？」揹上背包的朱詩婷一愣。

「那天是歲末Party。」店長一抹笑，笑得朱詩婷打從心底發寒，「不必帶禮物，妳人到就好。」

「Pa……Party……」朱詩婷喉頭緊窒，她最不擅長這個……餘興節目指的就是Party嗎？

她跟這些同事，沒有什麼交情需要狂歡啊！

「算上班，不許缺席請假！」店長沉了聲，雙眼熠熠有光地看著她，「朱詩婷，抬頭看著我。」

看著我。

這命令般的口吻讓朱詩婷更加慌亂，她抬起頭，與店長四目相交。

她就像被蛇盯上的青蛙，頭皮發麻、全身發抖，多想吶喊著逃跑，卻一個字都發不出聲，一步都走不動。

「是……」

店長滿臉鮮血，全是飛濺上的，雙眼帶著瘋狂的狂喜，猙獰得令人發寒——店長？

她閃開眼神，再看過去時，店長已經一如往常了。

店長會出事……不，或許是別人會出事！

什麼Party的她根本不想去！接下來還有大事發生，她甚至有預感，她是那個餘興節目！

「妳在擔心什麼？」

男人的聲音自身邊傳來，坐到她身邊、候車亭的椅子上，她頭也沒抬，她認得那個聲音，是咖啡廳裡的神秘客人。

「做好事的下場一點都不好……跟你說的不一樣。」她哽咽，豆大的淚珠往下掉，「我用自己的能力讓變態落網，換來的卻是更痛苦的生活。」

「是嗎？我以為妳該什麼都看得清啊！」

「我看得清啊，我看見……店長那猙獰狂喜的樣子，她臉上是他人飛濺的血……啊。」朱詩婷顫抖地抽了口氣，「該不會，是我……的血……」

「看別人看得清晰，妳會不會看自己反而不明了？」男人笑著說。「人啊，有時只看到自己自以為看到的。」

「閉嘴！我最後悔聽你的話！要是我跟平常一樣漠視一切，我就不會變成現在這樣了！」

「妳有沒有試著排解這個困境？」溫柔的聲音繼續說著，「好好地溝通？」

朱詩婷搖了搖頭，緊握抱拳，溝通有用的話，她就不必痛苦這麼多年了。

「我好痛苦……越來越難以忍受了。」

「別忘了我給妳的項鍊。」

朱詩婷伸手捏住藏在衣服裡的項鍊，默默點了點頭。

為什麼她明明沒有傷害過任何人，卻必須遭受他人的傷害呢？

＊＊＊

站在門口，朱詩婷一點都不想來，但又怕不來下星期上班會更難捱……這麼艱辛的工作她都撐到現在了，她不想就此放棄，而且，到哪裡都一樣吧？

店長身上的血不是假的，店長會傷害誰？低下頭，涔涔紅血自門縫底下流出，引得她一陣寒顫。

她該怎麼辦？她不想再這麼膽怯地過下去！

被霸凌的人，一定得躲在黑暗裡哭泣嗎？就沒有人想過他們會有反擊的一天嗎？

她現在最害怕的是，店長身上的血是她的。

不爭氣地按下門鈴，她聽見拖鞋聲從裡面傳來，大門跟著拉開。

「進來吧！換鞋。」

玄關上有一堆拖鞋待命，店長讓她換鞋，逕自朝客廳走去。

心中湧起一股惡寒，望著玄關處的清淨，那兩大排的拖鞋，這表示根本還沒有人來？現在這間屋子裡，只有她跟店長兩個人？

不是歲末Party嗎？這是什麼意思？她們又有什麼陰謀！

「其他人呢？」她僵硬地擠著笑容。

「她們等等就來了。」店長回眸睨了她一眼，「我有事找妳，所以跟妳約早了。」

戰戰兢兢地套上拖鞋，朱詩婷緊綳著身子，拐騙她提早來又是為了什麼？

店長穿著豔麗的大紅色低胸禮服，打量了她一遍，明顯皺起眉，「嗯……妳為什麼穿成這樣呢？」

朱詩婷沒有反應，只是呆然地站在原地。

她穿成怎樣？就是平時裝束，一樣厚重的羽絨外套，寬鬆的T恤與牛仔褲，她這種身材，難道會想去穿一件小洋裝來讓她們取笑嗎？

店長冷不防直接朝她走來，唰地拉下她的外套拉鍊。

「屋裡熱，妳先掛上旁邊的衣帽架，等我一下。」店長指指門邊的衣帽架，旋身往裡頭走去。

逃，離開這裡！

這麼打定主意，轉身就想走，但她只邁開一步就定住了——為什麼？她要逃到什麼時候？她現在走出這道門，下星期會遭遇更可怕的事不是嗎？

緊握起雙拳，她忍著哽咽，硬是脫下了外套。

「會渴嗎？」輕快的聲音從裡頭傳來，店長再度走出時，一手拿香檳，另一手抱了個大盒子。

「我還……好。」說是這樣說，她下意識地舉手接過了店長遞來的香檳，戒慎恐懼地看著她另一手拿著的大型寬扁盒子。

「先喝一點吧，然後——我們換衣服。」店長挑了挑眉，勾著紅唇帶著神秘的笑。

朱詩婷陡然一顫，「換什麼衣服？」

店長沒有解釋，直接拉過她的手就往裡頭拖，踉蹌地被拽著往前，滿腦子驚慌失措，卻不敢掙扎。

「店長……對不起，我不知道有服裝規定。還是我先回去換一件衣服再回來？」她能想到最好的藉口是這個。

「不必麻煩，我都為妳準備好了。」

店長回眸一笑，回頭的那張臉再度濺滿鮮血，讓朱詩婷心頭一震。

她被帶進一間窄小的房間，房間裡掛滿衣服，還有一張梳妝台，上頭擺放許多彩妝，還有多頂假髮。

朱詩婷不住地發抖，她看著這令人窒息的空間，逃，她要逃離這裡！

「來！」店長冷不防抽過她的香檳杯，再把盒子塞給了她。

在香檳杯離開自己眼前時，她親眼見到有鮮血落進杯子裡，與黃金色的液體相融。

「店……店長？」

「這裡的東西隨便妳用，化個與妳相襯的妝，飾品啦、假髮都隨便妳！」店長指向梳妝台上的東西，食指在一頂俗氣鬈髮的假髮上一挑，「這件衣服可是特地為妳準備的，穿上它，出來給大家一個驚喜。」

瞪著那頂極誇張又俗氣的假髮，根本包租婆頭髮……朱詩婷捏緊了手中的盒子。

「……這是，餘興節目嗎？」朱詩婷咬著脣，囁嚅地問。

「嗄？什麼？」店長笑了起來，「唉唷，妳今晚可是主角呢！」

主角，哈哈哈……主角？

「為什麼要這樣對我……」她仍舊不敢直視店長。

從沒有做錯任何事，對不起任何人啊！

「這是妳應得的。」店長沉了聲音，外頭響起了電鈴聲，「啊，大家陸續到了，妳快一點吧！」

咦？店長把杯子匆匆擱上桌子，朱詩婷抬頭還想說些什麼，房門業已關上。

她想要奪門而出，卻冷不防聽見客廳裡傳來的笑語聲。

「我看見那雙醜鞋了，她來了嗎？」

「氣……點……」

「人呢人呢？店長，妳衣服給她了沒！」

「給了，她正在換呢！」

「哈哈哈哈哈，好期待喔！小李來了沒，她不是說要全程錄影？」

「噓……小聲一點！我這裡隔音沒多好！」店長勸阻著，「先不能給她知道！」

「噓……」

「……」

後面的聲音壓得太低，她聽不見了！

錄影？拍照？不但要她扮，甚至還要拍照錄影，上傳羞辱她嗎？

她不敢想像大家會如何地分享轉貼，她們會使用什麼特效醜化她，然後——

盒子從手上滑落，滑出一件深黑色的衣服。

彎身拾起那件衣服，是件與店長款式類似的低胸無袖小洋裝……呵呵，好大的尺碼，要她穿著這種衣服？然後？

露出肥胖臃腫的身材，粗大的手臂，戴上那個跟包租婆一樣的假髮，再畫上……

她轉身察看著梳妝台上的眼影盒，有誇張的藍色、紫色、紅色，還有大紅的口紅……

欺人太甚！

叩叩。

「朱詩婷，妳好了嗎？」

「朱詩婷？沒事吧？」店長再敲了敲，困惑地輕轉門把，「我進來了喔。」

進來吧。

朱詩婷就站在門口，面無表情地看著門扉輕輕開啟，往內推了進來……店長敞開門，看見就站在門邊的她，圓睜雙眼。

「妳……」店長錯愕非常，嘴角忍不住抽動上揚，「這是幹什麼啦？我不是要妳……」

「妳滿意了嗎？」朱詩婷幽幽地出聲。

下一秒，她沒有猶豫地衝向了店長。

咦——店長一震身子，驚愕不明的瞬間被擁抱住，包租婆的假髮還搔到她的臉頰，腹部一陣撕裂的劇痛。

朱詩婷咬著牙，在她耳邊冷冷地說：「我這是自保，先下手為強！」手裡握著的剪刀使勁地再往店長的腹部戳入，血液是溫熱溼滑的，順著剪子滑到了手上。

唰——將剪刀拔出，店長自她身上滑落。

布剪上染滿了鮮血，紅血在店長或是她的禮服上，都顯現不出那耀眼的紅。

她站在那兒，終於輪到她睥睨欺壓她的人！

「做人不要太過分！」她最終失控地尖叫出聲，「不要以為我們永遠不會反撲！」

伴隨著尖叫，外頭一陣騷動，所有人都衝了進來。

她們只看見高舉的剪刀，一刀刀地往店長心窩裡猛刺，女孩們先是幾秒的錯愕，緊接著朱詩婷猛然抬首，狠狠地瞪向了她們。

真的有人以為，被霸凌的人永遠不會反擊嗎？

朱詩婷一躍而起，撲向了女孩們。

「哇——」

深淵——店長篇

當妳凝視著深淵時，深淵也正凝視著妳……

哐啷！

「唉呀！真對不起！我不是故意的，不小心掃下去的。」

她蹙著眉從帳目中抬頭，又是朱詩婷嗎？她有點不知道該拿那女孩怎麼辦。

身為店長，她應該讓一切平衡，但車站裡的咖啡廳真的太忙，她無暇顧及每件事，再加上之前有個常客教授居然是變態殺人魔，緊接著又一個員工失蹤，風波不斷地令她頭疼。

朱詩婷說教授曾在週一來買蛋糕未果，因為這樣引起教授妻子的懷疑，所以才進而發現教授殺人的事實，但最後她發現朱詩婷說謊，教授週一根本沒有來過……她知道她公然說謊是為什麼，但她不能坐視她的撒謊，只好讓她做離店總整理來懲罰她。

朱詩婷不是個討喜的孩子，但是她很善良也很聰穎，去年讓她兼著倉管做得非常好，還開發出一套管理方法，讓她事半功倍！幾個員工說朱詩婷可以看見奇怪的東西，她是信的，所以可能是朱詩婷發現教授身上有怨魂，也發現陳嘉琬有危險。

但怎麼就是不勇敢？無法與同事打成一片？

「可以了！」她走了出來，喝止那些愛鬧的女孩們，「都幾點了，是要掃到什麼時候？」

女孩們一看見她，自然不會明目張膽地繼續欺負朱詩婷，紛紛往休息室去更衣，準備下班。

看著朱詩婷又一臉怯懦，頻頻道歉地要把剛剛小米故意打翻的胡椒粉拖乾淨，她都有點於心不忍。

「已經要十點了！妳不想回家我還想回去。」她無奈地拿著掃把走去，其實應該要好好告誡小米的，「怎麼一點小事都做不好？」

或許，她期待的是朱詩婷可以跟小米她們攤牌說清楚，而不是一直處於挨打的地位。

「對不起……」她怯生生地回應。

「又不是在怪妳，妳不要老是用那種臉對別人！」就是這種不是自己錯，還要認錯的臉！「妳知道錯在哪裡嗎？」

「……知道。」

「真的知道嗎？」她可不信！

朱詩婷不再吭聲，只是默默低著頭。

「唉，好了！妳去換衣服下班吧！」店長拿過她手上的拖把，「剩下我來就好。」

「不不，對不起，我會弄好！」朱詩婷慌亂地想搶回拖把，她還一臉錯愕。

「快去！拖拖拉拉，給妳做要做到什麼時候！」她蹙眉說著，總不能讓女孩子每天都這麼晚回去啊！

她催促著朱詩婷，胡椒粉的事不是她的責任，身為店長自然她先扛下。

她其實覺得朱詩婷相當適合後勤，她不愛笑又內向，應徵服務生不是那麼合適，但是她卻說想要待在前場；她想著找機會讓她管事情，要管事管人，就得讓員工服她……看著朱詩婷連跟同事間的相處都這樣，讓她很憂心。

多數時候她不會每次都干涉，朱詩婷又不是小孩子，什麼事都得老師父母來保護嗎？她是期待著有一天，朱詩婷能夠用自己的方法，跟同事們找到一條共同相處之道。

把地拖了兩遍，確定都整潔後，她把倒掉的胡椒罐重新填滿，才發現休息室裡怎麼沒人出來？小米她們不是最早進去，也該回家了吧……唉呀，不好！

匆匆往休息室走去，果然聽見爭執聲。

「妳不是真的陰陽眼啊？嘉琬跟我提過，妳說她身上有血。」

「夠了！」

趕緊推開門，她不悅地喝止。

女孩們果然堵住了朱詩婷！小米不情願地回身，向她道別，她有點心疼地瞥了朱詩婷一眼，是她疏忽了！

「大家等等！」她叫住了女孩們，「這個週日不必到這裡上班，那天是歲末Party，全員五點半到我家集合。」

「咦？Party？好棒喔！」

「都店長妳一個人弄嗎？」

「簡單的吃喝而已，當然妳們要想餘興節目囉！大家表演一個吧！」

「白白會表演包租婆耶！我會唱歌！這些都可以當餘興節目如何？」

「當然好，要租什麼道具假髮跟我說，或是妳們拿給我，我可以先擺到我家去！」

「嘿，店長，要繳多少錢？」秀美諂媚地說。

「都是歲末了，怎麼會收妳們錢！大家就是盡情狂歡就對了！」她突然頓了一頓，「可是，妳們要對朱詩婷好一點。」

現場一陣靜默，她知道現在多說無益，只打發她們離開，還有一星期，她有得是時間一一溝通。

回身往休息室走去，她想給朱詩婷一個難忘的回憶，她五官其實相當立體，好好打扮也極有魅力……首先從衣服開始吧！她想買件小禮服送她，這一年來因為她的倉管得利讓咖啡廳相當順利，算是一個獎賞。

只碼她不太熟……她悄悄拿起相機，先拍一張，給專業的看應該會知道適合朱詩婷身形的禮服吧？

喀嚓！閃光燈亮起，她嚇了一大跳——該死！怎麼有閃光燈！

「呃……我沒想到有閃光燈。」

「……妳……妳幹嘛？」

「那個，不小心按到！我本來要自拍的！」

「妳在……拍我嗎？」

才不是不是！這是驚喜，絕對不能被朱詩婷發現啊！「我、我怎麼可能會偷拍妳，拜、拜託！」

趕緊胡謅過去，拜託不要聯想到啊！

「對了，這週日不必到這裡上班。」發現朱詩婷揹起背包，她緊張地叫住女孩，「妳……五點到我家。」

「咦？」朱詩婷一愣。

「那天是歲末Party。」她溫柔地笑著，「不必帶禮物，妳人到就好。」

「Pa……Party……」朱詩婷有點結巴，她知道她一定是緊張了。

「算上班，不許缺席請假！」開玩笑，一定得讓朱詩婷到啊！「朱詩婷，抬頭看著我。」

答應我吧！答應我吧！

「是……」朱詩婷點了點頭，卻很慌亂地又別開了眼神。

沒關係，她動用了一點點店長的權力，但她知道，朱詩婷會來的。

看著朱詩婷離開，她滑開手機，她之前就物色好哪件禮服了，將剛剛拍到的照片傳給賣家，只是背景沒露臉，詢問哪種款式穿起來最顯瘦又最好看。

「這件會露手臂不好吧？」她唸著，回傳給賣家。「……啊，有搭配的小外套嗎？這件好看！好！」

靠著置物櫃，她愉快地按下直接購買，衣服送到後她要妥善包裝，那天讓朱詩婷提早來，讓她先換衣服，給她一個驚喜。

剩下的就是跟小米她們好好溝通了，員工們還不知道，警方疑似找到陳嘉琬了；朱詩婷說得一點都沒錯，她擔心同事會出事才警告，小米她們不該把她當眼中釘。

女孩們對朱詩婷這麼差，她還是良善地提醒大家危險，這樣的朋友要珍惜。

唉，她泛起微笑，真希望歲末後，大家都能相處融洽得像一家人。

＊＊＊

五點鐘，電鈴響起，她喜出望外地奔向門口，朱詩婷就是這麼一個準時的孩子，上班也從未遲到過。

「進來吧！換鞋。」

她迎接朱詩婷的到來，玄關上早放妥一堆拖鞋待命，動感舞曲也在客廳裡飛揚，萬事俱備，只欠東風。

「其他人呢？」朱詩婷問著。

「她們等等就來了。」細心的孩子，她回眸笑看她一眼，「我有事找妳，所以跟妳約早了。嗯……妳為什麼穿成這樣呢？」

朱詩婷沒有反應，看似困窘地呆然站在原地。

她走上前，輕輕地拉下朱詩婷的外套拉鍊。

「屋裡熱，妳先掛上旁邊的衣帽架，等我一下。」她輕快興奮地往裡頭去，先為朱詩婷倒杯香檳，再抱起床上那白色的禮盒。

這裡面便是那件黑色的小洋裝禮服，她看過了，質感很好，與朱詩婷絕對相宜！

「會渴嗎？」她愉快走出時，將香檳遞給了朱詩婷。

「我還……好。」朱詩婷果然注意到盒子了，視線落在盒子上。

「先喝一點吧，然後——我們換衣服。」她挑眉，笑開了顏！

朱詩婷陡然一顫，「換什麼衣服？」

秘、密囉！她拉過女孩的手就往裡頭帶，稍微使了點力，不然就怕朱詩婷呆愣在原地。

「店長……對不起，我不知道有服裝規定。還是我先回去換一件衣服再回來？」後頭的聲音慌慌張張。

「不必麻煩，我都為妳準備好了。」嘻。

她回眸一笑，等等朱詩婷打開盒子鐵定驚喜萬分，可惜不能偷拍啊！

帶著朱詩婷來到她的衣帽間，她把自己所有的彩妝品都擱在梳妝台上了，不管她想要什麼顏色都有，從誇張的藍、紫、大紅眼影，或是淡雅的古銅或粉色，睫毛膏粉底粉餅，甚至水潤的蜜桃口紅都有。

「來！」她為朱詩婷拿過香檳杯，這樣才能把盒子交給她。

「店……店長？」

「這裡的東西隨便妳用，化個與妳相襯的妝，飾品啦、假髮都隨便妳！」她指向梳妝台上的東西，隨意挑了挑等等白白要妝扮的包租婆假髮，「這件衣服可是特地為妳準備的，穿上它，出來給大家一個驚喜。」

「……這是，餘興節目嗎？」朱詩婷囁嚅地問。

「嗄？什麼？」她聽不太清楚，朱詩婷說話太小聲了，「唉唷，妳今晚可是主角呢！」

「為什麼要這樣對我……」朱詩婷低垂著頭，語帶哽咽。

哎哎，她有點嚇一跳，沒想到她是這麼容易感動的人！

「這是妳應得的。」

她口吻嚴肅地說著，身為一個員工，在分內事上，朱詩婷做得無懈可擊！

外頭陡然響起了電鈴聲，她嚇了一跳，「啊，大家陸續到了，妳快一點吧！」

她趕緊把杯子匆匆擱上桌子，飛快地關上房門，所有人都得等等才能見著朱詩婷換妝後的美麗模樣！

開了門，女孩們果然約著一起來，屋子裡瞬間吱吱喳喳。

陳嘉琬的屍體確定找到了，全身骨折，她身處的地窖裡還有多具屍體，她並非第一時間死亡，法醫研判她在陰暗滿是屍體的地窖裡待了幾天才斷氣。

是朱詩婷的警告讓她想起來，跟那個高中生有關，所以她請警方從那個高中男生查起，最後查到了男孩與老師的忘年之戀，進而找到了老師另一隻手機的最終訊號地點。

案情有點撲朔迷離，警方雖還在調查中，但已經發現大家熟悉的開朗女孩陳嘉琬，極有可能是變態教授的信徒，所謂的模仿犯，高中男孩與其老師就是她下手的對象。

這些都是未公開的資訊，但身為店長的她因為接受警方的問話，多少知道了實情，所以她告訴店裡女孩們真相，她們誤解了朱詩婷，更錯看了陳嘉琬，保不齊誰差點就成為陳嘉琬手下的亡魂了。

與陳嘉琬要好的小米覺得恐懼，沒料到陳嘉琬是那樣的人，更覺得自己對朱詩婷態度太差了！

所以，大家約好了今天要好好向朱詩婷道歉，表達愧疚之情。

「我看見那雙醜鞋了，她來了嗎？」小米狗嘴裡還是吐不出象牙來，卻忙著在掛布條。

「說話客氣點。」她戳了小米的額頭，「妳再這樣說話，朱詩婷還是會誤解妳的。」

「人呢人呢？店長，妳衣服給她了沒！」秀美也期待地問。

「給了，她正在換呢！」

「哈哈哈哈，好期待喔！小李來了沒？她不是說要全程錄影？」

「噓……小聲一點！我這裡隔音沒多好！先不能給她知道！」

「噓……」大家一起噓。

「店長，我的假髮呢？」白白問著，指指頭髮，她化了一個滑稽的妝，她可是要扮丑角的呢！

「哎呀，在衣帽間裡，朱詩婷在換衣服呢！等她出來我再去拿給妳！」

大家在客廳裡忙著布置，抽空吃點心喝香檳，一直到半小時過去了，她覺得時間差不多了。

叩叩，她敲了門，「朱詩婷，妳好了嗎？」

裡面沒有回應？她有點不解，再敲了敲，「朱詩婷？沒事吧？我進來了喔。」

推開門，她卻愣住了。

朱詩婷就站在門口，她是換上了那身小禮服，但是……為什麼用紅藍紫化著離譜誇張的妝，嘴巴還塗了鮮豔的大紅色，甚至戴著白白那頂搞笑的假髮？

「妳……」她錯愕非常，有點想笑，「這是幹什麼啦？我不是要妳……」

「妳滿意了嗎？」朱詩婷突然出聲。

咦？什——朱詩婷冷不防衝向她，她連句話都來不及吭。

好痛……她感受到有東西刺進了她的肚子裡，腹部一陣撕裂的劇痛。

朱詩婷咬著牙，在她耳邊冷冷地說：「我這是自保，先下手為強！」

先下手……為強？

腹部的東西再度被使勁戳刺，她緊緊扣著朱詩婷的肩膀，好痛！好痛！……為什麼……唰！朱詩婷將剪刀拔出，她痛得滑上地，躺在自己的血泊裡。

她不可思議地看著站在那兒睥睨她的朱詩婷……看著她手上的布剪染滿鮮血，她不懂，為什麼？為什麼！

朱詩婷為什麼要殺她？

「做人不要太過分！」朱詩婷失控地尖叫，蹲下身子拿起剪刀就往她的心窩猛刺，「不要以為我們永遠不會反撲！」

啊——她喊不出來，瞪圓雙眼看著自己的衣帽間的天花板，什麼都來不及思考，疑問未能解答，就這樣斷了氣。

女孩們聽見尖叫衝了進來，小米最先擋在門口，不可思議地看著眼前的一切，朱詩婷猛然抬首，狠狠地瞪向了她們。

「妳瘋了嗎？朱詩婷！」小米尖吼著，「店長為了妳辦這個Party，妳怎麼可以這樣對她！」

為了她？笑話！朱詩婷含著淚看著躺在地上，再也不會說話的店長，她死不瞑目的雙眼瞠圓，詭異的笑凝結在臉上……滿臉都是飛濺的鮮血？

等等，這一幕她知道……她好幾天前就看過，怎麼？店長臉上的血是她自己的？恐慌地轉頭看向桌上的香檳杯，本該金黃純淨已經被血染紅，鮮血早已融合入香檳中，因為她第一次拔刀時，飛散在空中的血珠便已落入了杯中。

「報警！快報警！」白白失控喊著。

「朱詩婷才是Copycat！該不會是她殺了陳嘉琬吧！」

「哇——」

女孩們失控地往外狂奔，朱詩婷慌亂地一躍而起，撲向了女孩們——她衝出客廳，音樂聲依然舞動，架著的錄影機正亮著紅燈對著她錄製，客廳裡多了閃爍的燈泡，還掛有一條訂製的布條。

『朱詩婷，對不起，新年快樂。』

「哇啊——哇——」

「殺人了！殺人了——」

女孩們早已不顧一切地奪門而出，尖叫聲在樓梯間此起彼落。

紅黃綠的燈光在客廳裡閃爍著本該歡喜的氛圍，朱詩婷呆然地望著這一切，一轉身，看見了門邊穿衣鏡裡的自己。

她亦渾身是血，臉上化著象徵瘋狂的妝容，曾幾何時，她的背後竟然有另一張模糊的臉。

是她自己，是那個更加猙獰，卻哭著的自己。

淚水淌下了女孩的臉龐，經過了臉上的鮮血，中和成粉色的淚液，她陡然癱軟跪地，發抖著手扯下頸子上的鍊子。

咖啡廳裡那個男客人送她的，是他要她善用自己的力量幫助他人，所以她設計讓教授露出馬腳、所以她想救陳嘉琬；他說，萬一她對自己的能力迷惘之際，項鍊裡的指南或許可以指導她。

鍊墜裡的紙條摺疊多層，朱詩婷沒有鬆開剪刀地打開那張紙，警笛聲就在樓下，她的手卻抖得太嚴重，無法順利打開字條。

血指印染滿了紙條上的每一個角落，好不容易攤開，朱詩婷卻失聲笑了起來。

哈哈哈，哈哈……哈……

店長家在十八樓，她聽見了電梯抵達的聲音，叮。

望著鏡子裡的自己，她揚起淒苦的笑，現在的她，與背後那個自己有著一模一樣的神情了。

『看別人看得清晰，妳會不會看自己反而不明了？』

『人啊，有時只看到自己自以為看到的。』

她不要這雙眼睛！

張開利剪，她冷不防朝著自己的眼窩刺了進去。

「不要動！」

「天哪！救護車！快點——嫌犯自殺了！」

警方趨前，攙住她倒下的身子。

濺滿了她刺眼鮮血的紙條，緩緩落下——

當妳凝視著深淵時，深淵也正凝視著妳！

正義之聲？

歡迎搭乘A航空，我們將竭盡所能為各位服務……

高空上，一個男人在機艙廁所裡，用命令式的口吻第三次說著。

「我要擦屁股！」

空姐們錯愕非常，那是一位右手裹著石膏的李姓男子，在進入廁所前表明了他左手也無力，可能需要空姐協助。

但這個協助……根本誰都不可能做到！

所以他僵持著，甚至不鎖門，就是要空姐進去為他服務。

門口的小娟相當彆扭，因為這位客人是她從經濟艙帶過來的，由於他行動不便，要求到商務艙的廁所較為寬廣，因此她也協助他過來，誰知道……他卻開始大鬧機艙。

現在已經弄得所有乘客皆知，商務艙的客人更是個個掩鼻皺眉，直瞪著她們。

「妳們快點處理好不好?很臭!」乘客抱怨著。

兩、三名空姐站在外面，座艙長也已趕至，但李男說不起來就不起來。

「我來吧。」

後頭經濟艙的男子看不下去，由於簾子未拉妥，他對狀況相當清楚，起身皺著眉往廁所的方向去。

「讓我來吧!我是男的，比較方便!」男人說道，一邊挽起袖子，「您好，我姓黃，我要來協助您。」

「不要!我不需要你的幫助!」裡頭傳來咆哮的聲音，「叫那個空姐進來!」

男子輕推開門，裡面又傳來可怕的撞擊聲。

「給——我——滾!」李男重重地敲著，沒有人知道他拿什麼敲擊，但是那個聲音在密閉的機艙中就是令人不適，「我只要那個空姐!」

砰砰砰，廁所前的前排乘客有種牆就要被敲破的感覺，而在他們的座位與廁所間，那伸腳的空間旁，就是機門啊!

這是多危險的狀況，讓人每一根神經都緊繃到快要斷掉。

「請你不要無理取鬧!」男子忍無可忍，逕自推門進去，「你硬逼著空姐做這些事是什麼意思？我自願協助你，為什麼一定要找女性，你這是意圖性騷擾嗎？」

「啊啊啊——啊啊啊啊——」

廁所裡傳來令人不安的吼叫聲，那不是害怕、不是生氣，而是一種瘋狂的歇斯底里！空姐們驚惶地回身要探視廁所內發生什麼事時，那個李男便衝了出來——裸著下半身。

下半身的褲子與內褲盡褪，他的屁股還帶著未擦拭乾淨的屎味，晃動著生殖器，在走道上抓狂地大吼，然後狂奔。

「吼啊啊啊啊——」

「呀——」乘客們嚇得驚聲尖叫，紛紛解開安全帶，恐慌瞬間瀰漫了整架飛機，從商務艙到經濟艙無一倖免！

李男甚至還沒到經濟艙，後頭光是聽見前面此起彼落的尖叫聲，就已經嚇得亂成一團了！

各艙的空姐試圖阻止李男，根本於事無補，他輕易地撞開她們，一路奔到底，而剛剛進去欲幫忙的黃先生在第一時間，便被李男推了出來，重重撞擊椅子而倒在了走道上。

李男奔過的走道兩旁乘客紛紛逃難似地，看著男人一路衝到底，然後雙手握拳，冷不防地就朝後頭的牆面一陣亂擊。

砰！砰！砰——

「住手！先生！請你住手！」座艙長鼓起勇氣上前勸阻，「請你不要製造恐慌！停止破壞飛機上的物品！」

「我不要！妳們這些下三濫，不願意協助我！」李男倏地轉身，直接往機門那邊去，伸出手，試圖找尋開門的手把。

「不可以！」座艙長衝上前，試圖撞開男人。

「不要碰我！不許碰我！」他突然怒吼，指著座艙長，「妳要是敢碰我的話——」

他的左手，已經找到了把手。

「請冷靜，請你冷靜。」座艙長與之對峙。

艙內開始傳來哭聲，大家被嚇得魂飛魄散，孩子們哭得更是淒厲；雖不明事情的始末，但至少知道現在有個神經病在飛機上，隨時可能威脅他們的生命安全。

「我，就只要那、個空姐協助我上完廁所！」男人咬著牙低吼，「有這麼難嗎？」

他指了名，短髮空姐趕到後頭，她全身忍不住顫抖，看著這荒唐的一切。

「先生，這種事不是我們的服務範圍，你不能要求我們做這種事！」座艙長義正詞嚴地說著。

男人惡狠狠地瞪著座艙長，然後歇斯底里，抓到東西就往飛機上砸，又引起一陣驚叫，所有人又嚇得直發抖。

「一切都是因為她！她——」男人驀地又跑出來，指向了短髮空姐，「只要她服務好，什麼事都沒有，什麼事都不會發生！」

「妳就做啊！」爆出尖叫聲的是一個媽媽，她緊緊護著自己懷裡的嬰兒，高分貝的嘶吼，雙眼噙著淚地瞪向空姐。

「對……對啊！就幫他又怎麼樣！妳們是空姐，快點盡自己的職責好嗎！」某個男人也開了口，他每個字都在抖。

「虧妳們還是空姐！快點幫他做啦！妳們到底要怎樣逼我們——」有乘客怕到歇斯底里，直接衝向了空姐，驀地抓起她的衣服，「快去！」

因恐懼而爆發的情緒在機艙內爆開，其他艙等的乘客也跟著出聲咆哮，全是空服員的不對，是她們讓飛機與乘客陷入危險之中的！

「請大家冷靜！」座艙長努力地高喊。

其餘空姐也試圖安撫所有人的情緒，但未爆彈就在飛機上閒晃，誰能心安！

「妳還站在這裡幹什麼？快去啊！」一個高大的男人對著座艙長罵，「妳們快點把事情解決，我們就會冷靜了！」

小娟不可思議地看著所有乘客，幾乎每個人的眼神都帶著怒火、不安與恨意。

「這不是我們空服員的職責！」她低吼著，氣到全身發抖。

「讓我們安心搭乘是妳們的工作！妳們現在讓大家陷入恐慌中，這叫盡責嗎？」

「快去做啊！」有人終於不客氣地動手推了小娟。

這一動手，所有人都動手了。

乘客們不分男女，粗暴地推著所有空姐們，小娟被推得踉蹌，承受著極大的壓力與怒火。

慌亂中她看見靠在機艙末尾牆邊，那依舊裸著下身的男人，他不知從何時起就沒有瘋狂，而是冷冷地揚起笑意。

「請……先生請進廁所。」座艙長硬著頭皮，她是主管，她有責任。

「我的褲子不在這裡，我要回去剛剛那間廁所。」男人沉著聲，伸手指向了小娟，「而且我要她，我指定她幫我！」

小娟打了個哆嗦，僵在原地，隔著五公尺的距離與李男對視。

「媽的去啊！」就近的一位父親煩躁地直接從背後推得她向前。

小娟措手不及，扶著兩旁的椅子才不至於摔倒，但其他乘客更是兇惡地催促她快去啊快去啊！

龐大的壓力排山倒海而來，事情演變成機艙內的乘客，逼著她們進行不該做的服務了！

「啊啊——」李男突然又失控，他從對面走道狂奔回商務艙，誰都可以聽見那由近而遠、此起彼落蔓延的慘叫聲與尖叫聲。

狂亂的氣氛到了緊繃階段，一旦炸掉，情況便會失控……所以，身為空服員，再如何不情願，她們就必須犧牲自己。

那個李先生什麼都知道吧？知道他的瘋狂舉止，不需要做什麼，所有乘客就會幫他逼迫她們。

這種情況，如果李男要求更不堪的事，只怕全飛機乘客也會逼著她們就範。

「我來做，妳協助我。」座艙長的聲音也在顫抖，但是她要擔起所有責任。

小娟勉強擠出微笑，挺直背脊往前走，其他空姐趕緊上前想同仇敵愾，但座艙長叫她們回到崗位上，這種時候，機艙內不能亂。

還有，把眼淚收起來，她們不是可以哭泣的身分，現在還在工作中。

小娟回到商務艙，乘客們瞪著她更是嫌惡至極。

李男站在廁所前，依然光裸著下身。

「請進去。」座艙長用穩重的口吻說著。

「我要她請我進去。」李男用下巴指向了小娟。

小娟必須用深呼吸，才能壓抑想哭想尖叫的衝動。

「妳傻什麼？」乘客不可思議催促，「快點啊！」

餘音未落，李男見小娟似有不甘，竟轉身直接坐上就近空著的椅子，把那滿臀的糞往座位上的衣物擦！

「啊呀——呀！」見狀幾乎要崩潰的乘客，「我的外套！」

風衣與圍巾上染滿了糞便，李男得意洋洋地站起，物色下一個座位。

「快請他進去——」苦主氣憤地從旁邊跑上來，把小娟拽到了李男面前！「都是妳！都是妳！我一定會客訴妳到死！」

「小姐！請妳不要這樣！」座艙長極力阻止。

「我的衣服跟圍巾妳負責嗎？啊啊啊啊！」她失控地抱著頭，「好噁心好噁心好噁心好噁心！」

抓狂的叫聲瞬間感染著每一個人，每個人都緊皺眉頭，個個都要按捺不住了！

「請您進去，我會盡可能地協助您。」小娟趕緊開口，李男睨了她一眼，揚起勝利的微笑，終於甘願地走進廁所裡。

廁所裡依然臭氣沖天，剛剛那正義的男士依舊倒在外頭不省人事，座艙長與幾位空姐合力把他抬起後送回座位。

這一切歷程，沒有人願意出手幫忙。

廁所門終於關了起來，沒有人敢絲毫鬆懈，因為不知道何時會再引爆。

「好像有點可憐。」這時，有人幽幽地說了。

「我有孩子，我不可能讓任何危險威脅到我的孩子。」一旁抱著孩子的母親怒眼瞪著說道。「她們既然選擇了這個工作，遇到這種事情就要概括承受。」

「對！空姐嘛，不過就是服務生，工作地方不同而已，以為多高尚？以客為尊沒聽過喔？」

幾個年輕人聽著皺眉，「可是那個客人很噁心啊，服務生不需要幫你擦屁股吧？」

「不然咧，客人就有這個要求，做不到他就要燒了餐廳，你怎麼辦？該負責的不是我們這些客人。」前頭的男人回頭瞪他們。

「但是我們……我們這麼多人，不是應該可以合力制伏那個混帳嗎？」時髦的女孩嘟囔。

「妳行妳去啊！惹事誰負責？而且妳剛沒看到他想開飛機門喔？」其他人不爽地圍剿他們。

機艙內吵了起來，背景音樂是所有小孩的淒厲哭聲，每一個艙等的人們都變得易怒暴躁，誰說什麼都不對地相互指責。

空姐們趕緊勸慰，一一送著茶水，請大家安心，但只得到一陣酸言酸語。

五分鐘後李男滿意地走出廁所，回到他經濟艙的座位。

小娟與座艙長立即分別進入其他廁所，座艙長瘋也似地洗著手、哭泣、抓狂地對空氣無聲吶喊，敲了好幾次自己的頭，多希望這一切都只是惡夢。

小娟卻比座艙長還要快出來，輕聲敲門。

「座艙長，您還好嗎？」

聽見下屬呼喚，蹲著的她立刻深呼吸，「我很好，等等就出去。」

「小娟？妳要不要去休息？這裡我們來就好。」同事憂心忡忡地上前。

她搖了搖頭，「這時候休息只會讓我崩潰，我……我想一個人獨處，妳們的工作全部給我做！」她語帶央求，依然克制著不掉淚，「我必須保持一直忙碌……」

「讓她去吧。」走出的座艙長頷首同意，「需要幫忙時，請隨時出聲……記得避開那個男人在的走道。」

小娟點點頭，緊握著雙拳，回到了經濟艙裡；沿路的乘客紛紛避開眼神，沒有人敢看她，只有幾個人突然叫住她，悄悄在她手掌心裡塞字條或點心。

『加油，對不起。』

不敢出聲的乘客們，最多只能做到這樣。

在廚房裡的她差點就要飆淚了，她忍著哽咽，把紙條默默放在口袋裡。

拉起簾子，一個人在廚房裡面清掃，準備等會兒的餐點、加熱、煮咖啡、泡茶，進入極度忙碌的狀態。沒多久，她又回到商務艙，扛下其他同事的工作。

表定送餐的時間到了，小娟先把特殊餐的餐點送出去，還有給她字條的乘客們，她也提早送餐，還在餐盤裡附了回信的小紙條，遞上前輕聲說了句謝謝。

然後，正式送餐前，她卻再也忍受不住，終於衝進了廁所裡。

座艙長讓大家不要去吵她，各自開始做該做的工作，偶爾輕聲問著小娟她還好嗎？裡頭傳來低泣聲，表示她需要一點時間，座艙長給了她一個小時。

這一個小時，就痛哭吧，只是不能哭出聲。

大家彷彿什麼事都沒發生過，送餐、問著要喝什麼飲料，嘴上都鑲著親切的微笑，因為她們是空服員，她們正在上班。

連面對那囂張的李男也是如此，大家努力克制想往他臉上潑飲料的衝動。

「欸，我記得之前不是有個空姐也遇到類似的事？」有人突然想起來。「是被一個肥胖的老外欺負，也是要空姐幫他擦屁股？」

「對對對，我就覺得超像的，那老外超噁爛，根本故意欺負人！」

「對啊還性騷擾，我就覺得怎麼不去死……」老公頓了一頓，「上次那個空姐呢？」

身邊的老婆聳了聳肩，「誰知道……」

不過，那時她還在網路上痛罵那間航空公司與老外，結果今天也遇到類似的狀況，她發現她也不能怎麼辦？

除了厭煩與恐懼外，正義感都消失了。

餵孩子一口飯，她有家庭有孩子，坐飛機夠可怕了，還要遇上這種——

噗嘩——第一口血，是從老公口裡噴出的，老婆瞪圓雙眼來不及思考，也跟著吐出一大口血——好痛！

「啊啊啊——」哀嚎聲頓時響遍整架飛機，所有人口吐鮮血，痛苦地在地上打滾。

遞紙條的年輕人嚇得扔下自己的餐具，但他們……沒事？

囂張的男人狐疑地坐在位子上，低咒著把餐盤扔向發愣的空姐，「餐有毒？」

「不可能！」空姐們失了神，「座艙長！乘客食物中毒——」

座艙長在頭等艙看著口吐鮮血的乘客，正手忙腳亂。

「請大家集合吧！」

一個聲音響起，竟來自剛剛那位姓黃的正義之士，空姐們錯愕地試圖急救，但人數多到無從救治，黃先生表示刻不容緩，他半脅迫地逼著她們回到休息室。

「這是怎麼回事？我不能躲起來。」座艙長仍舊敬業。

「一百多個人妳怎麼救？」男人攔住座艙長，「聽我的勸，安靜待在這裡，絕對不要偷看！偷看的話，對妳們不利。」

「怎麼回事……為什麼……」空姐們深深恐懼，「餐盒裡怎麼可能會有毒，那都是——」

小娟加熱的。

空姐們突然瞪大雙眼，不可思議地看向男人。

「看一眼就會後悔終生，別害彼此，摀住耳朵，不看不聽不聞，直到我來叫妳們。」黃先生再次交代，將門帶上。

接著，空姐們聽見了未中毒的乘客，被趕進各個廁所的聲音。

「搞什麼？」囂張李男不爽地上來，對著黃先生怒吼，「你把他們帶去哪裡了？我也要躲。」

黃先生微笑著，用眼神瞟向其中一間顯現著「Vacant」的廁所。

他趕緊推開門，赫然發現裡面站著他最「疼愛」的空姐……只是，她的頭顱並不完整。

『你喜歡我幫你服務是嗎？』小娟一把拉住他的衣領，直接往廁所裡拖，『我立刻就來。』

「啊啊——哇啊啊——」

淒厲的慘叫聲傳來，在休息室裡的空姐們掩耳還是聽得一清二楚，那跟剛剛驚慌的尖叫截然不同……

「這是小娟做的嗎？她故意下毒毒死乘客？」

「她不會是這樣的人吧？難道是因為剛剛大家不幫她？」

「我……我又不認識她，我怎麼知道她是怎樣的人！但她不能這樣……」

座艙長一愣，「不認識她？」

對啊，她之前認識小娟嗎？

等等，她們組員裡……座艙長一一算著休息室裡的人數——機組全員到齊，從頭到尾都沒有小娟這個空服員啊！

天哪！座艙長狠狠倒抽一口氣——

「之前那個被迫擦屁股的空姐叫什麼名字？」

「是歐美線的，別家航空的啊，叫……叫……」有人努力回想著，「鄭喜娟？」

血液濺上刻鄭喜娟三個字的名牌，女孩撕開了男人的臀部，自肛門徒手伸進他的腹腔，抓出了他的腸子。

『這樣夠乾淨嗎？』她問著，把腸子朝他後腦勺扔去。

李男還活著，痛苦地趴在馬桶上抽搐。

看著血液橫流，她冷著一張臉轉身走出廁所，努力讓腦殼裡的腦子不要掉出來；跳樓有夠痛，如果時光能倒流，她才不會走上這一條路。

飛機內哀鴻遍野，她跟機長報告過無事，請他們待在駕駛艙，事實上機長早先試圖離開，卻發現無論如何都打不開門。

乘客們痛苦地在地上打滾，有人卻早已沒了氣息，小娟冷冷地望著他們，然後端起微笑，雙手貼平置於腹部，禮貌地一鞠躬。

『歡迎搭乘A航空，我們將竭盡所能為各位服務，現在有什麼問題，請隨時告知我們，願您有個愉快的飛行！』

微笑鑲在裂開的顴骨上，她開始在走道上巡邏，無視於所有求救，飛行時間還有六小時，他們可以慢慢品嘗生命逝去的恐懼。

中毒不深的人，她會貼心地親自餵食，他們都能逼她做非屬於空服員職責的工作了，區區餵食算得上什麼？

一路，走到了黃先生身邊。

「我是不是說過，人性不能試探？」他仰起頭，喝了一口熱騰騰的咖啡。

身旁的兩個乘客，頭都埋進自己的餐盒裡，早已氣絕身亡。

鄭喜娟看著他，只是淒楚地一笑。『所謂正義之聲啊……』

＊＊＊

『A航空傳出離奇事件，一架飛往紐約的班機，在高空中發生集體中毒事件，還有乘客慘遭殺害，過程空姐與機長均被反鎖在房間內，一無所知，倖存的乘客也被反鎖在廁所內，目前沒有人知道事件發生經過，但機組表明有一位鄭姓機組人員，以及一位黃姓男士在飛機上，但清查結果並無此人……A航空目前暫時停業，靜待一切司法調查！據查該班機曾發生與數年前E航空的類似的汙辱事件……』

男子坐在機場內的咖啡廳吧台邊，他正望著新聞，悠哉地喝了口咖啡。

「真可怕，幾乎全被毒死耶！」附近的客人也在討論，「空姐都說是之前受辱的空姐做的。」

「可是新聞不也說了，之前那個空姐……因為陷入憂鬱，所以跳……」她不敢明說，總覺得膽戰心驚。

「那個就是公司無能！讓員工受辱，他們說這次也一樣，還是全體乘客逼空姐就範耶！多噁心啊！這麼多人，是不會壓制那個混帳？」

「對啊，幾個壯漢把那混帳綁起來不就好了？」女人一愣，「哎呀，結果我們還是坐E航空的班機。」

男人往旁瞥了眼，擱在桌上的機票果然是E航空的。

高跟鞋噠噠，一組E航空的機組人員整齊地自遠方浩浩蕩蕩走來，機長在前，空姐們拖著小行李箱，微笑著走在後頭。

「這口紅顏色真好看！」

「真的齁！」被讚美的空姐開心地說著，與同事們分享色號。

然後，她不經意地瞥了一眼吧台邊的男士，微微頷首。

男人舉起咖啡，做了個遙敬的動作。

空姐挺直背脊地往前走，胸前的名牌上，依然刻寫著「鄭喜娟」三個字。

願您有個愉快的飛行。

出租沙發

我怕妳會戀上這張沙發，捨不得離開就不好了……

為了響應環保，知名家具賣場展開了「出租家具」，實踐「家具的循環經濟」。

靖雯不知道為什麼，被一張素淨的沙發吸引，它並不突出，只是個簡單的雙人座沙發，四根木質椅腳，布沙發的材質，淡紫色的布上頭有些粉色或黃色的印花，極度低調的素雅沙發。

「這個我們都整理過了，前一個租客非常乾淨，幾乎沒有什麼折損。」賣場人員熱情地介紹，「這是出租家具，租完還給我們，費用也會更實惠。」

「妳喜歡這個？跟我們家風格不合耶！」男友立即潑冷水，「我們不是說好黑色的？」

「可是我一看到它就好喜歡喔！」靖雯問向賣場人員，「我可以試坐嗎？」

「請！」賣場人員大方說著，一旁其他消費者招手請她過去詢問問題。

靖雯以掌心壓了壓沙發，意外地相當有彈性，她試坐後更是舒服得驚人！「欸，你也坐看看，不輸皮質的好嗎？整個角度跟質感都很好耶！」

男友昱南無奈，就著一旁坐下……這是哪裡舒服了，他就覺得不平整，坐墊好薄，好像一下就能坐到下面的底，裡面還不平咧！

「不好坐啊！」

「誰說的，我覺得好舒服呢！」靖雯摸著細緻的布，「淡色系也很適合我們家啊！」

「喂，說好的搖滾風呢？」昱南皺了眉，到底哪裡適合，根本十萬八千里吧？

女友嘟起嘴，她就是想要這張沙發，坐上後更想了！腦子裡都已經規劃出這沙發擱在客廳裡的模樣！而且這是租又不是買，這樣花費更加划算呢！

「嗯，這張沙發……」不知何時旁邊站了個陌生男人，凝視著這張沙發。

「這個我要租了！」靖雯緊張地高喊，就怕被搶走。

「靖雯？」男友一驚，什麼叫她要租了，都沒商量餘地的嗎？

「喔，不是，請不要誤會！我沒有要租它，只是……」男人微微一笑，「我怕妳會戀上這張沙發，捨不得離開就不好了。」

「說什麼啊！」靖雯白了他一眼，立刻轉向男友，「我不管，我就決定是它了！」

「我又不是買不起……」

「可以租更好啊，響應環保嘛！」靖雯轉頭看向走來的賣場人員，「您好，這沙發我們要了！」

＊＊＊

攪拌著熱騰騰的巧克力，靖雯愉快地拿著杯子走回客廳時，突然一愣。

本來放在沙發右邊的墊子，跑到了左邊。

「奇怪了，我放得好好的啊……」她走到沙發前，覺得莫名其妙。

昱南不在家，不可能會是他擺的……靖雯覺得頭有些昏沉，總覺得最近自己的記憶力變得很差，怎麼老是記不清自己擺放東西的位置？

拉過跟前的小圓木桌，她喝了一大口巧克力後，開始四處尋找貓。

「朵朵？朵朵？」她擱下杯子，開始尋找自己的虎斑貓，「躲哪兒去了啊？朵朵？」

走到一旁的書櫃——不在？再走到牆角去，發現貓砂乾淨如新，水跟食物都沒有動過……不會吧！

「朵朵？」靖雯跳了起來，趕緊一屋子亂翻亂找。

會不會走丟了？昱南每次出去倒垃圾或是買東西時，總是木門半掩，說過他好幾次了！萬一朵朵跑出去會回不了家的，牠是貓不是狗，沒離開過家裡啊！

連陽台都翻找了一遍，靖雯心裡越來越慌，她幾乎確定了自己的貓走失了！

「吳昱南！」一通電話直接撥了過去，「你上午是不是又沒關門？」

電話那頭的男孩有點莫名其妙，「在說什麼啊？一打來就兇巴巴的？」

「朵朵不見了！你是不是又沒把門關好？」靖雯激動地握著手機喊著。

昱南倒抽一口氣，該死，他下去倒垃圾時的確沒把門關緊……不會吧，那隻貓真的就這樣跑出去？

「沒有吧，我有關啊。」這種時候死都不能承認啊！

「你少來，你平常都關不緊……我不管，要是找不到朵朵看你怎麼辦！」靖雯匆匆掛斷，拿出貓罐罐，打算用這個去誘朵朵出來。

穿上外套，她心煩意亂，問題是外面這麼大，她要從何找起——喵。

咦？才打開門的靖雯愣了一下，回首看著小巧的客廳，貓叫聲是從沙發那裡傳來的。

「朵朵？」她立刻關上門，緊張地跑到沙發前，二話不說趴了下來，「朵朵？」在沙發底下，那隻橘色的虎斑貓慵懶地趴在那兒，靖雯看了眼淚都要飆出來了！

「妳剛怎麼都不出聲啊！」靖雯氣急敗壞地撈出小貓，「妳把媽媽嚇死了！」

天哪……天哪！靖雯緊緊抱住小貓，坐回沙發上，輕柔地撫摸；剛剛翻箱倒櫃喊半天，這傢伙就硬是不出聲……嗯？靖雯輕輕撫著貓兒，她剛剛，沒有找過沙發底下嗎？

低頭看向沙發底下，她明明找過啊，確實地趴在地上看過，空無一貓……這傢伙是後來才溜進去的吧？

「妳真的很討厭，罰不給妳吃罐罐！」她手裡故意揚著罐罐，想誘惑朵朵，結果妙了，朵朵居然真的不為所動？

小貓懶洋洋地打了個呵欠，一臉沒食欲的模樣，跳離靖雯的懷裡，跑到沙發另一端蜷起身子。

「真的不吃？」她再在貓眼前晃著罐罐。

朵朵索性閉上眼睛，一臉老娘沒在稀罕的姿態。

「怪了，平常都會喵叫個沒完啊……」靖雯順手把罐罐扔在小圓桌上，拿過自己的熱巧克力，「呼，真的嚇掉我半條命！」

杯子就口，卻什麼都沒喝到。

她的杯子空了，只剩下沉底的一點巧克力。

靖雯拿著杯子發呆，她有把巧克力喝完嗎？她怎麼沒有印象自己喝這麼快？但是看著空無一物的杯子，她也只能這樣想。

也懶得再去泡一杯了，抓過毯子蓋上腿，靖雯繼續看著她的影集，舒舒服服地躺在沙發上，沒看幾分鐘睡意襲擊，眼皮越來越沉……越來越……

她聽見有人在唱歌，是一個女人，歌聲非常好聽，和著手機播放出來的歌曲，婉轉動聽。

女人留著長鬈髮，髮尾大鬈，卻相當有光澤，她喜歡打毛線，總是窩在沙發一角，蜷起雙腿，就可以打一整捲的毛線，或織衣服、或織帽子，一邊織著一邊唱歌，樂在其中。

她也坐在沙發的另一端，看著神采飛揚的她，女人手腕上有一條也是毛線編織而成的手鍊，多色交織的幾何圖案，相當獨特，應該是她自己編織的。

陽光暖暖地照進來，她覺得這生活真的太恬靜了，舒服且美好……哪……

「喂，靖雯？靖雯？」

有人搖了搖她，靖雯惺忪地睜開雙眼，看見的是自己的男友。「嗯？」

「嗯什麼？妳怎麼睡在這裡啦！」昱南用力再搖了搖，「到床上去睡啊！」

撐起身子，靖雯腦子裡一片混沌，還搞不清楚怎麼回事，「你下班了啊？」

「嗯，走，我們去睡覺。」昱南用力地拉她起身，她還在那兒賴。

「不要……這裡很舒服……」她說著，又想躺回沙發上。

昱南嘖了一聲，使勁將她拉起，往一旁的房間推去，有床不睡睡什麼沙發啦！

「朵朵真的不見了嗎？」昱南趁機試探。

「朵朵在沙發上一起睡覺。」她滿是歉意地笑著，「後來在沙發下找到牠了！」

「妳喔！」昱南心裡其實是竊喜，幸好沒有跑出去，要不然哪能像現在這麼和平？

安置好靖雯，他便先去洗澡，雖說作息不同，但他們還是能找到相處的模式；路過客廳時，順手收拾了雜亂的東西，疊好她剛剛的蓋毯，然後……嗯？

貓在哪兒？

＊＊＊

朵朵真的丟了，他們因此又大吵一架，但是昱南保證那天回家後就沒再看見貓兒，大夜下班的他也不可能不關門，根本不知道貓跑到哪兒去了！但是，原本應該心急如焚的靖雯卻不急著找貓，在網路上發尋貓啟事也只持續兩天，原本要印出傳單四處張貼的計畫也終止。

因為她一下班，只想窩在沙發上吃飯看電視玩手機，哪兒也不想去；以往喜歡黏著男友買消夜的習慣也沒了，假日一定要出去騎腳踏車看風景的興趣也消失，除了窩在那沙發一角外，她什麼也不想做。

連加班都不願意，溫和的她因此跟同事發生爭吵，昱南怎麼看都覺得不對勁之際，沙發前任的使用者不知道用了什麼手段，居然聯繫上他了。

「我不要！」靖雯咬著指甲，一臉不悅，「我租了一年，現在才過一個月你要退回去？」

「我不喜歡這張沙發！而且上一個主人也說了，這沙發有缺陷，勸我們趁著沒事快點退回家具公司，以免以後壞掉了要我們賠！」昱南倒是堅定。

租到沙發不到一個月，他便接到了陌生電話，原本他認為對方是神經病，但是太有誠意每天都打來，最後他們約定見面，才知道那也是個年紀相仿的男人，他的女友是上一個沙發租用者。

他急切地說沙發有問題，要他們快點退回去，趁著還來得及前。

來得及什麼？他不解地問，男人卻閃爍其詞，說除非親眼所見，否則沒人會信他說的話，只希望昱南仔細留意：家裡是不是有人只想賴在那張沙發上？

「你還在跟那個人聯絡？你就不覺得他很怪嗎？他一定是後悔退租這張沙發，想要回去才騙你！」靖雯氣急敗壞，「現在租期是我們的！我絕對不退！你為什麼要這麼執著這張沙發啊？」

昱南深呼吸，誠意地蹲下身，「這句話是我要問妳的，妳太執著在這張沙發上了，自從租了這張沙發後，妳就變了！」

靖雯一愣，挑高了眉。「你才變了吧？每天都在找我麻煩，不檢討自己，把錯推在一張沙發上？」

昱南忍著怒氣，平心靜氣地開口：「妳我都知道這張沙發可能很棒、很舒服，但是妳一直窩在這沙發上就是不正常啊！」

「我哪裡一直窩在這沙發上了？沙發是一個家多重要的東西，我們聊天看電影都在這裡啊！」靖雯也氣極，「是你一直不願意陪我坐在這裡的！我們當初不就是想甜蜜地相依偎，才租下這張沙發嗎？」

「對！但不是一天到晚，不是一回家就往沙發上窩，不是連睡覺都得在這裡！」昱南還是忍不住咆哮，「而且這張沙發根本就不好坐，我坐上去就覺得渾身不舒服！」

「你就是對它有意見，才想要我還給家具公司！」

「對！我對它非常有意見，我真不想這樣說——我覺得我的女朋友快要被這張沙發搶走了！」昱南怒吼，「妳一下班就窩上去，假日完全不外出，朵朵失蹤了也不想找，最近連上班都請假只為了躺在這裡？」

靖雯一時語塞，她有這麼誇張嗎？

「我……誰教這、這沙發舒服啊，我就是……」她咬了咬脣，「忙碌的生活中，能放鬆的時間才多久？這樣你都有意見？」

才多久？昱南簡直忍無可忍，「陳靖雯，妳已經超過二十四小時都窩在這張沙發上了！」

嗯？靖雯抓過手機一瞄，有這麼久嗎？

「妳不洗澡不上廁所，就窩在這上面，我會不擔心嗎？」昱南緊握住她的手，「前一任的租客說了，這張沙發會使人上癮的，我總算明白他的意思了！」

「不要再提那個人，他有病！」靖雯咬著脣，「我應該是有起來上廁所啦，怎麼可能二十四小時都沒有去洗手間，太扯了……」
說著她都心虛，有嗎？她好像不餓不冷也不想去洗手間耶。
「不管怎樣，現在離開這張沙發好嗎？」男友懇求著，「我真的真的很擔心妳。」
昱南眼底滿是擔憂，說實在的，這張沙發舒服到她一點都不想離開……但是她真的沒想到自己會賴在上面這麼長時間，昱南說得也沒錯，超過二十四小時實在太扯了。
靖雯露出甜美的笑容點點頭，昱南也喜出望外，她將縮起的雙腳往地上放，但是異常吃力且緩慢。
「我的筋……好硬喔，腳又麻了。」靖雯扶著小腿哀著，好不容易才把雙腳擱上地。
蹲著的男人臉色驀地刷白，倏地收回了原本握著她的手。
「靖雯……妳的腳……」他甚至站起身，後退了一大步。
「我的腳怎麼了？」靖雯彎腰搥了搥自己的小腿肚……這才發現，她的小腿肚上竟生長一根又一根的肉鬚，密密麻麻與沙發連結。「咦？這是？」
她慌張地想要站起來，阻力卻無盡大，幾乎只有手肘以下沒有肉鬚，她的上手臂也生出了好幾根肉鬚，與沙發相連！
咬著牙使勁全身氣力，靖雯卻連站都站不直身子，屁股連沙發都離不開！

「這是怎麼回事！昱南！」靖雯尖叫起來，朝男友伸出了手。

昱南驚恐地看著女友，簡直不敢相信親眼所見——靖雯生根了。

她的身上長出了根，深植入沙發裡……或是沙發長出肉鬚根連結住靖雯，他們已經搞不清楚了，但是現在他的女友真的離不開那張沙發！

「握住我的手！」昱南當機立斷，雙手握住女友的手，用力地往後拉，「掙扎！陳靖雯，妳要站起來！」

「啊啊啊啊——」靖雯痛苦地大喊著，她甚至抵著小圓桌試圖站起身。

這麼努力，她的身體終於離開沙發，但是她的背她的臀她的腿後面，全是密不透風的肉鬚，與沙發緊緊相連——她是站起來了，但是根鬚沒有離開過沙發啊！

靖雯回眸，驚恐萬分，「昱南！我的身體！」

「走！我們出去！」昱南咬著牙，推著靖雯往門口走。

但是走沒幾步，那根鬚盡數拉直，告訴他們肉鬚就只有這麼長……不過三十公分，靖雯最遠只能離沙發這麼遠而已！

再更用力地拉，靖雯立刻痛得後仰，「好痛！不要拉，好痛——」

神經相連？昱南傻了，為什麼會有這麼離譜的事？

「剪掉……對！剪掉！」昱南立刻回身到處找尋剪刀，只要把跟靖雯連結的肉鬚剪斷就好了！

昱南瘋狂地翻找著剪刀，平時就在手邊的東西現在卻完全看不見！

靖雯趴在地上嚎啕大哭，回身看著自己彷彿怪物的身軀，她背後幾乎沒有一塊超過一平方公分平整的肌膚，全部都是肉鬚……而且，她竟然感覺這些肉鬚在緊收，像是希望她快點……回到那張沙發上！

「昱南！救我！快救我！」靖雯歇斯底里地哭喊著，「早知道就不租了！我就不要了！」

那天，在家具公司沙發邊那男人的話言猶在耳，『我怕妳會戀上這張沙發，捨不得離開就不好了。』

他知道，那個男人明明知道！

「等我！靖雯！」昱南用力甩下抽屜，轉身衝進廚房！

自刀架上抽過菜刀時發出冷冽鏗鏘聲，他滑步衝回沙發邊時，彷彿感受到危機似地，肉鬚開始往沙發裡收，靖雯開始被向後拖去。

「它們在拉我！快！昱南！」靖雯高喊著，手指扣著地板。

「我不動連著妳身體的這部分，這樣就不會痛了！」昱南趕緊用掌根抵住靖雯的臀部，這麼近瞧，那些肉鬚根真的與她的身體相連，毫無違和，所以他剛剛扯她時才會疼！

「快點！快！」靖雯嚇瘋了，指甲根本扣不住地板。

他左手抓住溫熱的肉鬚，右手擎著菜刀，手起刀落——噗嘩——

「啊啊啊啊啊——」

鮮血與慘叫聲同時響起，豔紅的鮮血從每根肉鬚裡噴出，地板上的女友發出淒厲的慘叫聲！

「好痛！住手——好痛啊！」靖雯痛苦地喊叫，痛到全身都在抽搐。

濺了一臉鮮血的昱南傻了，手指感受的是溫熱的血，這些肉鬚是靖雯身體裡的一部分了？

「不不……」刀子鏗鏘落地，「這樣要怎麼辦！妳跟沙發連在一起了啊！」

靖雯虛脫地趴在地上，好痛……好像有人在她身上剜了好幾刀，她痛到心臟都快停了……

「報警……我們先叫救護車！」男友只能想到這樣，他從口袋裡拿出手機時，樓下電鈴突然響起。

叮——咚！

「啊，那個人！他來了！」昱南跳了起來，直接衝向門口。「是那個男的！他要來親自跟妳說沙發的事，他說他要帶證據來，可以說動妳退租這張沙發的！」

靖雯虛脫地趴在地上，看著昱南拿起對講機，「喂，您好！對！我是！我女朋友生根了……她跟沙發連在一起了，好！沒問題！」

靖雯哭得淚眼婆娑，看著男友興奮地打開門，「昱南……」

「妳再忍一下，他知道該怎麼辦！」昱南也快哭了，迫不及待地出門去接人。

昱南總是不習慣把門關緊，半掩的木門讓靖雯可以看見在電梯前焦急徘徊的男友。但是，昱南卻看不到，沙發裡的肉鬚根正一點一滴地，把她拖進去。

她生根了，跟這舒服的沙發連在一起，跟這個她曾說過希望永遠能賴在這裡的沙發相連。

她說的不是這種永遠！

啪沙——沙發裡驀地鑽出更多更粗的肉鬚，它們迅速纏捲住靖雯的身體、手臂與頸子，將毫無反抗之力的靖雯直接往沙發拖去。

是往沙發裡拖去。

沙發是張大嘴，將靖雯吞了進去，她在沙發深處看見了一隻枯槁的手，手腕上有著多彩編織的幾何圖形；她還看到她的朵朵，乾屍般地窩在小小的角落裡，她還看見……無數個她不認識的、也曾經如此喜愛這張沙發，希望一直一直窩在這兒的人們。

「她全身上下都是肉鬚，跟沙發連在一起，我沒騙──」昱南激動地推開家門，看見的卻是空無一人的客廳，「靖雯？」

染血的菜刀甚至還在地上，但是沙發上卻一絲血跡也無，沒有血、沒有肉鬚，連他女友都不見了？

「我女友……也是這樣，我前一刻才聽見她在唱歌。」身後跟來的削瘦男人踉蹌，「但我親眼看見她被吞進這張沙發裡！」

吞？昱南呆站在沙發邊，腦子依然一片空白，「所以我女友呢？」

男人臉色蒼白，什麼話都沒說地轉身往廚房裡去，昱南撿起地上的菜刀，開始猛劈這張沙發，割開那脆弱的布，扯開裡頭翻出一大堆棉花……但除了布跟棉花外，什麼都沒有。

什麼肉鬚、血，或是靖雯，一個都沒有。

人影逼近，昱南緊張地轉頭，看見削瘦的男人手上拿著沙拉油。「燒了它。」

「你說什麼？」

「我就是錯在只把它丟掉，結果它還是被整理好送回家具公司了！」男人直接把油潑上了沙發，「這不是正常的沙發，應該要燒了它！」

「你在做什麼啊！靖雯在裡面，你燒了它靖雯怎麼辦！」昱南氣急敗壞地跳起來，打掉了男人的手。

男人悲哀地看著他，搖了搖頭，左手早已默默地點著了打火機。

「你有找到她嗎？她們誰都不會回來了。」

點燃的打火機，抛向了沙發。

轟！

＊＊＊

「八樓兩具焦屍，兩個。」消防人員全副武裝地進入民宅，繞過了地上焦黑的屍體。

二十坪的套房被燒得精光，消防人員小心翼翼地走進屋裡，卻被眼前的景象嚇了一跳。

一塵不染的淡紫色沙發坐落在客廳的位置上，除了消防水柱淋溼了它之外，沒有任何火焚的痕跡，充其量就是在邊邊角角，有些被濃煙燻黑的痕跡罷了。

「這也太扯了，沙發沒被燒到？」同仁們不可思議地湊近打量著，「這哪牌的，防火這麼強啊？」

「這是出租沙發啊，這裡有刻家具公司的名字跟代號。」同仁在扶手的木頭上看見雷雕。「我都不知道有防火係數這麼強的家具。」

「起火點在哪裡啊？仔細找一下！」隊長吆喝著，「那個誰記錄一下，通知家具公司回收！」

「好嘞！」

看著吊車將溼漉漉的沙發吊上卡車，圍觀的人群竊竊私語，人群中一名筆挺的男人只是微笑嘆息。

「就說過要小心了，唉，又一個捨不得離開的人了。」

母愛

玫軒要永遠當她那柔順的女兒，永遠是她的寶貝，她的驕傲……

風光明媚的早晨，今天連鳥鳴都特別有節奏，許玫軒穿上一件素淨T恤加上牛仔褲，揹著包包輕快出了房門。

「急什麼，走路要端莊，不要跑！」母親早在玄關等候，「一定要小心，幾點得回來？」

「八點前！」她穿好鞋子，母親仔細地打量她的穿著，滿意地點點頭。

「有事打給媽媽，不要去不好的地方知道嗎？」

「知道了！」許玫軒開心地揮揮手，「我走囉！」

母親微笑著目送她出門。孩子，不管多大了都會令人掛心啊！但玫軒是個好孩子，令她驕傲的女兒，學歷高、工作佳，她成長的一切都在她的規劃中，無一錯漏地直到現在。

她現在是知名家具公司的企劃主管，剛想出了「出租家具」的企劃，獲得市場上極大的迴響，前些日子還親自到現場推行，每天都累得半死，好不容易因為企劃成功加了薪，今天說要跟同事慶祝，她也應允了。

那幾個同事算是還行，人是沒玫軒聰明，但沒關係，品性好就好，省得帶壞她的女兒。

母親欣慰地一笑，轉身到廚房去，得準備餐食了。

出門的女孩跟放飛一樣，愉快地奔到會合地點與朋友見面，同事一見到她立刻搖頭皺眉。

「妳怎麼穿這樣？」同事唉了聲，「很俗耶！」

「會嗎？」許玫軒打量著自己，「簡單啊，我媽說樸實就是美。」

「妳媽妳媽，妳很嚴重耶！」同事嘆氣，「不然我幫妳化個妝！」

「別別！我才不要化妝，濃妝豔抹的不好！」許玫軒連忙拒絕。

同事們又無可奈何，「又妳媽說的？該不會說化妝的都不正經吧！」

許玫軒倒抽一口氣，默默地點點頭。

「什麼都妳媽，我記得連工作都妳媽叫妳來的？」同事們簡直快暈倒。

「我媽就是為我著想，為我打算啊，也沒什麼不好！」許玫軒開心地笑著，「看，我在公司做得多好，出租家具大成功！」

「對！大成功！」同事們想起今天該慶祝的事，紛紛擊掌。

「不過，玫軒，我聽說有組沙發很詭異耶，在火災現場還都沒黑？」

「對啊，我弄回來清洗了，除了扶手的邊角有燻黑外，還真的沒半點火燒痕，就只是被噴溼了，很神奇！」許玫軒認真地回想，「但因為扶手的燻黑無法解決，現在還不知道是該讓它回到出租家具，還是乾脆賣掉。」

「賣掉好嗎？」同事皺了眉，「現場有人……被燒死了不是？」

「那出事是凶宅，跟沙發沒關係吧！」另一個同事說著，「這種事我們不說，沒人知道的！」

「好了！這還要上面決定，出來別再談公事了！」許玫軒開心地雙手高舉，「走！要去哪兒？」

「先去逛街吧！GO！」

一票女孩開心地四處亂逛，許玫軒自然是什麼都不買的那種，她的所有東西都是媽媽買的，她不該自己買衣服，只有媽媽知道什麼適合自己；就像她該念什麼、做什麼，有媽媽在她都不必考慮太多。

最後女孩們到了一間餐廳慶祝，說說笑笑，氣氛好不熱鬧。

席間許玟軒去了洗手間，抽過擦手紙擦手，看見隔壁的女孩正在補妝，看起來其實不會太濃豔耶，而且挺好看的……如果她也畫點口紅的話……

算了！別想這麼多，她逕自搖頭，媽媽說過，樸實就是美。

從洗手間一出來，她卻差點撞上了也從男廁出來的男人，因為急煞重心不穩，整個人往後倒——可對方及時出手，一把拉住了她。

「啊……」她嚇到了，呆愣地看著對方。

對方是個高瘦男人，五官端正，是斯文型的男人，顏值相當！

「沒事吧……」男人溫和地問。

「對不起，是我不小心！」許玟軒趕緊道歉，悄悄紅了雙頰。

「嗯……我說有點面熟，您是不是出租家具的員工？」男人試探地問著，許玟軒旋即抬首——啊！

「對！對對對，我記得您！」許玟軒亮了雙眼，「那天，您租了一整個房間的家具呢！」

「許小姐好記性。」男人笑開了顏，「我很喜歡那些家具呢，出租的概念真好。」

「那就好，我們就是希望大家可以挑到喜歡的家具，卻以便宜及永續的概念去承租。」許玫軒怎麼可能會忘記這男人，他長得好看又紳士，非常有禮貌，而且那天正是那組沙發租出去的日子。

她甚至記得他姓黃呢。

「今天出來玩嗎？」男人明顯地打量了她，「像妳這麼漂亮的女孩，出來玩其實可以打扮一下，會更迷人的！」

呃……許玫軒一驚，突然困窘起來，「我打扮……」

「是啊，整理一下頭髮，穿件漂亮的衣服、再化個淡妝……」

「我是沒那個習慣，而且想說自然就是美……」許玫軒說得都覺得彆扭，「而且我媽說……」

「妳媽？」男人竟噗哧而笑，明顯到許玫軒甚至覺得有些無禮。「妳都幾歲人了，還在媽媽說？」

咦？許玫軒抬起頭，瞪大了眼看向男人。

「不會這衣服也是妳媽媽買的吧？工作也是妳媽媽挑的？念什麼科系也是妳媽媽選的？」男人用溫和的語氣，卻說著令許玫軒惱怒的話語，「妳有自己做過決定嗎？」

「我媽媽是為我好，她——」

「許小姐，妳都幾歲了？人生是要為自己活的啊！」男人瞇起眼，「妳有沒有思考過，自己真正想要的人生是什麼？」

自己想要的人生？許玟軒愣住了，「人生」兩個字彷彿觸動了她心底某處的開關。

「我當然……」她竟答不出來。

「妳，聽過搖滾樂嗎？」男人驀地逼前，曖昧地在她耳畔低語。

搖滾樂？那種吵死人又不正經的音樂？她怎麼可能……會……聽？

腦袋竟瞬間空白，她再抬頭時，那位黃先生已經消失！千頭萬緒湧起，她頹然地走回座位，同事們興奮地遞來一個禮袋，說剛剛有個帥哥送的禮物，指名是送給她的；裡頭是知名品牌彩妝，還說如果她擦上，一定會非常適合。

同事起鬨著讓她拆開，結果裡面居然是奇怪的色調，黑色的眼影、黑色的口紅，根本搖滾系，突兀地不符合許玟軒啊！

又是搖滾？

「我不知道……」她呆呆地問著同事：「我問妳們喔！妳們有自己做過決定嗎？念書、科系、工作……」

女孩們錯愕地望著她，相視而笑，接著是每個人侃侃而談自己選擇的志願，未來的人生規劃，每一個人都能說出一套自己想要的人生，每個人眼中都散發著光彩。

而許玟軒茫然了，她居然這輩子沒有思考過！為什麼？

因為她必須是媽媽的乖女兒！

她其實不喜歡這個工作！她也討厭自己念的科系，家裡每天放的輕音樂她聽了就厭煩，還有衣櫃裡的衣服包包鞋子，每一個都無趣得很！她上網搜尋了搖滾樂，一聽簡直驚為天人，她喜歡、她甚至熱愛——她絕對熱愛過！

到底為什麼？她為什麼會按著媽媽規劃的道路前進？從小到大不敢忤逆只敢順從，她得到了什麼？

百分之百的控制啊！

「妳剛說什麼？」母親坐在沙發上，吃驚地望著她。

「我要搬出去。」許玟軒堅定地說，「我發現這不是我想要的生活。」

「玟軒？妳怎麼了？無緣無故為什麼要搬出去？天哪，妳該不會交男友了吧？」母親大吃一驚，「媽不是不讓妳交男友，但不能這麼快就同居，不適合，妳——」

「不要告訴我該做什麼！」許玟軒驀地大吼，「我已經三十歲了！」

母親愣住了……她的女兒，從未這樣對她吼過。

「許玫軒，妳現在在說什麼？」

「我討厭小提琴、我討厭數學，妳讓我學的、念的我都討厭！但是妳就偏要我按照妳規劃的路走！」許玫軒抓狂似地喊著，這一星期來，這些念頭都在她腦子裡轉，她快瘋了！「我喜歡跳舞，我喜歡搖滾樂，我討厭這個工作——」

「許玫軒！」母親氣得怒吼，「妳這是怎麼了？這一星期來悶悶不樂就為了這個？我都是為了妳好，妳看妳念到博士多優秀，還是個小提琴家……」

「我不喜歡——這全都不是我想要的！這個生活、這個工作，這該死的音樂！」許玫軒尖叫回應，「這是妳喜歡的、妳想要的，不要再控制我了！」

控制，母親覺得受到打擊地倒抽一口氣，「妳怎麼可以說出這種話！妳爸早走，媽媽為了栽培妳多麼盡心盡力！我這一生都在為妳付出——」

「不要再提為我付出的事了，妳這是親情綁架，因為妳的付出，妳就要我在妳的控制下成長！」許玫軒激動地聲淚俱下，「拜託妳放我走！把人生還給我，我再待在這裡會瘋掉的——我要自由！自由！」

母親忍無可忍，轉身走進了房間裡。

而同樣衝回房內收拾的許玫軒，瘋狂地把衣服塞進包包裡，她什麼都不要，她就簡單的衣物跟錢，她要立刻離開這個家！她要自己的人生！

「放我走吧！媽！」許玫軒從房間跌跌撞撞地出來，滿臉是淚地喊著：「我真的再也受不了了！」

一路衝到玄關，套上布鞋，儘管如此，她還是想跟母親做最後的道別。

母親走了出來，面無表情，波瀾不驚，就這麼望著她。

果然，還是這樣。

回想起來，過去不管她多痛苦多難過多絕望，她的母親永遠都是這樣的淡漠，沒有一句溫柔的話語、不會有一個主動溫暖的擁抱。

有時候，她想要的只是一個擁抱！

「妳是我的。」母親只是如此凝視著她，「我的所有物，妳離開我妳怎麼生活？」

「我不是妳的，我謝謝妳給了我生命，但我不是妳的東西啊！」許玫軒哭喊著，握住了門把，「我能自己生活的，等我安頓下來，我就會回來看您！」

「妳不能的。」母親說著，擱在背後的手突然伸直，竟握著一個小小的物品。

許玫軒瞧著那荒唐，失聲而笑。

「遙控器？遙控器？」她憤怒地尖叫起來，「妳真以為我像電視一樣，妳用一個遙控器就能控制我的一生嗎？」

母親泛起微笑，按下了按鈕，「我可以。」

嗶——

許玫軒凝結了。

她動也不動地停在原地，手還擱在門把上，臉部表情是悲傷的扭曲，涕泗縱橫，唯一還在動的就是鼻水與淚水，還有那激動未止的髮絲。

母親緩步地上前，撫摸了女兒的臉龐，眼底有抹不住的悲傷。

「這麼不聽話的女兒，不能是我的孩子，懂嗎？」她抹去了孩子的淚水，刻意繞到她的身後。

拉起她的T恤，在脊椎骨上找到了一個隱藏得很好、玫軒雙手都搆不著的位置，使勁一壓。

『休眠啟動。』聲音從許玫軒喉間發出，儘管她沒有開口。

許玫軒的手移開了門把，她身子放軟，肩上的包包仍掛著，但已經成了立正的姿勢；母親略過她走回客廳，拿起了餐桌上的手機。

「美好科技公司。」她對著手機語音操控。

『現在撥打，美好科技公司。』手機回應著，沒幾秒後，電話接通了另一端。『您好，客戶編號32254689，請問有什麼需要服務的？』

「您好，我的是乖巧女兒A8型，最近出現自我意識，我急需要重置服務。」母親回眸看了站在玄關的女兒一眼，「今晚、馬上。」

＊＊＊

許玟軒躺在床上，頭頂濃密的髮裡插著電線，一旁連結著電腦，兩位工程師正在房間小桌邊的電腦操控著。

「這很微妙啊，居然生出反抗意識……」工程師饒富興味地看著程式，「還這麼有組織與想法。」

「她之前從來沒有這樣過，事情是從上星期跟同事出去玩開始的。」母親平靜地坐在一旁，手上拿著伯爵茶，舉止優雅。「這是怎麼回事？」

「太太，您知道我們是極高科技的智慧AI，一開始就是輸入您女兒的意識為基準，所以這複雜的程度不輸人腦，會因著生活環境、遇到的事而觸發她的思維改變，只是……乖巧型號內建的規則是不得反抗啊，這可能是瑕疵品，要不我們給您換一台？」

「換一台嗎？」母親有點遲疑，「但是這女兒跟了我五年了……」

「只是換個電子腦，重洗記憶回到最初，我怕現在這個電子腦已經有變化了。」工程師由衷建議，「很簡單的，軀殼我們保留住，就是換個硬碟，把當初您女兒的意識輸進去，就又跟新的一樣，保證又是一個乖巧聽話的好女兒。」

母親猶豫著，不捨地看著躺在床上，那宛若睡著的女兒。

工程師的手在鍵盤上舞動著，確認這位客戶的資料與配備，還有存檔在公司裡的原主意識……哎呀。

「啊，果然……」

「怎麼了嗎？」母親聽出他口吻中的狐疑。

「我大概知道為什麼會有變化了！這瑕疵可能不是來自於電腦的自我發展，而是當初意識傳輸就不完整了！」工程師盡可能含蓄地說，「一般我們都是到府上或是到公司來傳輸意識，不過您的女兒當時是……有些狀況，所以由您自行上傳對吧？」

母親點了點頭，「是，她……當時的狀況無法移動，你們也不方便操作，所以是由我自己使用設備上傳的。」

「呃，抱歉！我就事實來說，看起來傳輸不完整，這種狀況一般是事主抗拒，或是腦部有受損……」他頓了一頓，其實資料上有記載，五年前意識的主人是……是跳樓自殺。

「受損……嗎……」母親眼眸低垂。

看樣子當年腦部應該……咳！「所以缺乏完整性，電腦就會自動去補足這塊，也就給了它空間自我發展。」

「所以就算更換電子腦也一樣吧？」母親已經聽懂了，「未來某一天，如果遇到觸發的事件，還是有可能再發生這樣的事。」

工程師尷尬一笑，的確是這樣，源頭的意識出了狀況，再換幾次都一樣。

「遇到這種情況，就是讓我們來把這部分的檔案刪除，像這次一樣，您強制休眠，我們再清理過就沒問題了。」

「那如果從根本避免呢？避開能觸發她變化的事件？」母親想得更遠。

「呃……這有實行上的困難啊，因為我們不知道她究竟發生了什麼事，有時候是聽見話語、有時候是遇到事情，有時候甚至只是看見別人發生的事。」工程師殷切地解釋，「雖然是ＡＩ，但終究還是人類的意識，大腦是很複雜的。」

母親望著「女兒」，嘴角勾起一抹淡淡微笑。

「我只要不要讓她出門就好了吧？」

「咦？」工程師們愣住了，兩人快速地交換眼神。

都已經是乖巧型號了，到底是還要多乖啊？連機器人都要鎖在家裡？這位母親的控制欲未免也太強了！

「也是可以，不過缺乏與外界接觸的機器人，會比較沒那麼像活人。」另一位工程師勸導著，「而且如果您要選擇這樣，也必須把她之前的工作經歷與交友都抹滅，否則她甦醒後會產生疑問。」

母親猶豫著，反正這是乖巧型號不是嗎？一切以她的命令是從，媽媽說了算，如果叫她不要去工作，與朋友斷交，應該也沒問題吧？

不過五年的社交圈……

「好像有點麻煩，暫時算了，有需要我再跟你們聯繫吧！」母親最終妥協，因為沒有人知道她的女兒是個機器人。

大家都認為，她有個優秀、聰明的女兒，這是她的驕傲。

一直是如此，本該如此。

直到五年前她生日那晚，那本該是美好的夜晚，她們母女唱了生日快樂歌，她還送了玫軒一份禮物：她從小到大的得獎時刻集錦。

拆開後她還感動地哭了，抱著禮物痛哭失聲，再抱住她不停地說她愛她。

吃完蛋糕，她收拾好一切，玫軒卻穿著一件令她咋舌的性感黑色皮衣，臉上化著黑色的濃妝與黑唇，平靜地告訴她：這輩子她就想叛逆一次。

她氣急了，開口就罵，她要玫軒把衣服換下來，想也知道是哪個朋友帶壞了她，以後不許再跟那朋友來往！

罵著喊著，玫軒卻什麼都沒說，就這麼走出陽台，回首說了句「我愛妳，媽媽」，翻身就跳了下去。

沒有一點遲疑，她甚至還沒反應過來，就聽見孩子生命最後的聲音，迴響在夜裡，消散無蹤。

她完全無法理解這麼乖巧的女兒為什麼會選擇跳樓自殺！到底是誰把她逼到絕境？從小到大玫軒從未忤逆過她，卻在她生日這天選擇穿那樣的衣服、化那種可恥的妝，一躍而下。

那是她的女兒！她不能這樣離開她！她怎麼能狠心扔下她一個人啊！

她第一時間聯繫了ＡＩ公司，在二十四小時內上傳了她的腦部意識與記憶，訂做了一個機器人，她不要女兒完美，要維持她原本那純真的模樣。

玫軒要永遠當她那柔順的女兒，永遠是她的寶貝、她的驕傲。

「我們設定明天早上七點她就會醒來，她會忘記負面的一切，回到工作正軌上。」工程師們在玄關道別，「有任何問題請聯繫我們。」

「謝謝。」母親道著謝。

過幾天讓玫軒換工作吧，她這麼優秀，換個工作何難之有。

送走了工程師，她鎖上門，重新整理家裡，再把剛剛玫軒要離家出走的行李取出，一件件歸位，東西都放妥。

看著沉睡中的女兒，她溫柔地俯身親吻額頭。

「晚安，我的乖女兒。」

＊＊＊

麥片嘩啦啦地倒進了碗裡，母親沖入溫熱的牛奶，再加點果乾，想著需要點營養，還把一些營養劑的膠囊打開，將粉末倒進去。

她端著溫熱的麥片，走回自己房裡，床頭櫃的時鐘恰巧嗶嗶響起，時間是晚上十一點整。

她打開衣櫃，熟練地在衣櫃內側的木板上按下按扭，齒輪聲響起的喀嚓喀嚓，衣櫃裡竟打開了一道門。

撥開衣服，母親跨了進去，牆後有座樓梯，她先在樓梯口亮了燈，再一步步走下去。

地下室潮溼悶熱，沒有一扇窗，地板上的循環扇吹著，唯一的空氣來自於與衣櫃的縫隙，空氣中彌漫著一股異味，因為廁所就設在這裡，這是沒辦法的事。

母親若無其事地走下這只有兩坪大的地下室，角落設置了一張簡便的床，床上的枯瘦女孩撐起身子，驚恐又期待地看著走下來的母親。

她雙腳畸形，當年跳樓時摔斷了腿就沒有治療，關節都不在原來的位置上，這輩子是不可能站也不可能走了，連右手都有些不便，只剩下左手是無礙的。

她伸長了手，渴望著的是那碗麥片，好餓！

母親噙著慈藹的笑意，坐上了床緣，輕輕撫摸著女孩那頭烏黑的長髮，女孩瑟瑟顫抖著，雙眼盯著麥片，她早已飢腸轆轆。

「來，餓了吧？」母親舀起一湯匙麥片，湊近了女孩嘴邊。

女孩緊張地張開嘴，才湊近湯匙邊，母親卻倏地收起了湯匙——「要說什麼？」

女孩顫抖著看著母親，擠出了虛弱的文字，「謝……謝……媽媽。」

母親滿意地微笑，溫柔地餵食第一口麥片。

「妳知道媽媽都是為妳好吧？」母親再舀起下一口。

女孩點點頭，「知道。」

「妳知道媽媽愛妳吧？」再一口。

「知道。」再一口。

「誰是媽媽的乖女兒？」

「……是我。」

「妳會不會再離開媽媽？」

「不會……」

永遠不會。

殺人犯

法律要符合人民的期待？還是要符合法條呢……

『記者現在在第一法院現場，兩年前在無盡生技公司屠殺董事長陳彥行等十七人的兇手吳育維，因為患有思覺失調症，剛剛宣判無期徒刑，正式躲過死刑！』

『一直致力於慈善事業，並任用身心障礙員工的陳彥行，在一場會議中被槍殺；當天是高層秘密會議，所有資深高層盡數被殺害，無一倖免。』

電視新聞裡播放著一個女人衝向玻璃門，驚恐尖叫、拍打玻璃的畫面，下一秒吳育維走到她身後，一槍爆頭毫不猶豫，紅色的馬賽克其實也知道現場多可怕。

『死亡的不是公司高層就是研究博士，全數為菁英分子，警方一度朝嫉妒方向偵辦，兇手雖擁有高智商，但因患病之後連學業都無法完成，或許因此產生了嫉妒心理，但落網後，吳育維卻表示陳彥行是他的偶像，而這場殺戮是必要之惡。』

『精神鑑定後，確定吳育維有非常嚴重的幻聽，時常在自言自語，警方推斷可能陳彥行意圖讓他從事研究工作，因而使吳育維私自停藥，導致病症發作，最後在無法分清楚現實與虛幻中，釀成悲劇。』

『吳育維身上背負了十七條人命，但又因為精神疾病逃過死刑，這樣的判決合不合乎社會民眾的期待？而法律要符合人民的期待？還是要符合法呢？如果這樣都能逃過死刑，那誰又能給那十七條人命一個公道？』

＊＊＊

「你們不懂。」吳育維看著白牆，遲緩地開口。

看著他不對焦的眼神，鄭奕仲也只能繼續維持高度耐心。

「所以能跟我聊聊嗎？讓我懂你？」鄭奕仲溫聲但理性地說著。

吳育維選擇低下頭，他已經累了，活了二十幾年，早就厭倦讓別人懂他了。

他，吳育維，患有思覺失調症，俗稱瘋子、神經病。

還是個無差別殺人案的兇手。

「你有想過你的家人嗎？因為你的行為，讓他們遭受多大的痛楚？」鄭律師繼續循循善誘，「他們想知道的，就只是為什麼。」

家人啊……吳育維抬起頭，依舊兩眼無神，這理由說服不了他的，他正是為家人才這麼做啊！

「我要結束會談了。」吳育維直接對著獄警說，不想再與律師溝通。

「吳育維！」鄭奕仲心急地低吼，「你真的要這樣嗎？你不道歉不說明……」

「我為什麼要道歉？我做的都是我想做的。」吳育維說得理所當然。

「我知道這一切是因為你生病了，但你至少要讓大家瞭解，當年究竟發生了什麼——」

「我沒有病！」吳育維轉過身，突然激動不耐地瞪著律師，「我說過幾百次了，這件事跟我的病沒有關係，我好得很，我沒有——」

等等！吳育維一顫身子，突然僵住了。

咦？律師立即看向前來制止的獄警，「又有誰在跟你說話了嗎？」

這狀況不意外，這兩年來他一直是如此……不，這二十七年來，吳育維幾乎都是這樣。

「怎麼可能會這樣，你們為什麼不早說？那這兩年你們去哪裡！現在才說我能怎麼辦！閉嘴閉嘴閉嘴——」吳育維抱著頭跪趴向地。

＊＊＊

陳彥行是個好人。

吳育維一直這麼覺得，長得好看又是天才，事業頭腦又極佳，最重要的是還很善良！不僅致力於慈善事業，連員工都願意任用身心障礙的人，簡直就是他的偶像！為了能跟偶像近距離見面，吳育維費盡心力地進入他的公司，儘管只是一名清潔工他都甘願！

喀，逃生門厚重的門開啟，在樓梯間發出迴音，正坐在階梯上吃三明治的吳育維嚇了一跳，下意識地站起身。

自樓上走下來的，正是他的偶像，無盡生技公司的董事長，陳彥行。

「你在這裡做什麼？」陳彥行顯得相當詫異。

「吃午餐。」吳育維低著頭，眼神完全不敢對焦，儘管他內心興奮莫名。

「怎麼不到員工餐廳去呢？一個人在這裡吃？」陳彥行關心地問，「你跟老趙吵架嗎？」

吳育維搖了搖頭，「沒有，我……不習慣這麼多人。」

陳彥行有點心疼，想起吳育維的背景，明明也是個高智商的人，卻在人際關係上有障礙，真是可惜了那智商一百九十的腦！

「育維，你真的不想從事研究嗎？有些研究工作，並不是那麼需要與人交流的。」陳彥行誠懇地搭上他的肩頭，「憑你的腦袋，當個清潔工真的太浪費了。」

吳育維幾度欲言又止，「我、我還是不太適合……」

「你若是不適合的話，天底下真的沒幾個人適合了。」陳彥行嘆了口氣，「你雖然大學沒畢業，但你高中時成就就很驚人了啊！」

吳育維頭越垂越低，「我、我要去工作了……」

看出他想逃避，陳彥行也只能放他一馬。「總之，只要你改變心意，隨時跟我說。你不要怕不熟識或不懂，我相信依你的底子，只要肯學就沒問題。」

吳育維點點頭，連謝謝二字都難以出口。

陳彥行再度拍拍他後，輕快地走下了樓。

吳育維依然呆站在原地，悄悄地抬睫，看著就站在樓梯上方的「人們」。
除了一位妙齡少女外其他都是菲律賓人，剩下一位離他最近的是男人，渾身衣衫襤褸，不修邊幅地活像流浪漢，他們五個人年紀長相各異，唯一的共同點是粉色的臉蛋，很像剛跑完馬拉松，個個還膚白透紅。
『來不及，來不及了……』男人就站在他的左後方，喃喃唸著。
「什麼……來不及？」他慢條斯理地開口。
剎——眨眼間，那五個人全部擠到他的眼前，吃驚地望著他，『他是在跟我們說話嗎？』
『你看得見我們？』少女尖叫出聲，以令人痛苦的高分貝，『呀呀呀呀呀——』
「吵、吵死人！」吳育維敲著頭，「好難聽、閉、閉嘴！」
『他看得見！』一個圓臉大媽喜出望外，『你也聽得見對吧？』
吳育維緊擰著眉，還是點了頭，「我、我叫吳育維。」
『沒時間了還自我介紹！會死很多很多人的！』另一個女人眼下有痣，看起來其實很漂亮。『你快點想辦法！』
「每天都在死人。」吳育維聳了聳肩，這有什麼好稀奇的？

『你不懂！是成千上萬的人！』瘦得跟排骨一樣的女人上前就抓著他搖晃，『沒有人可以倖免！』

「神經病。」吳育維冷笑著，咬著他的三明治。

『你去樓上！』男人指向天花板，『九……九樓！』

吳育維跟著往天花板看，九樓？九樓是研究室啊，有什麼好看的？

「我才不要！你們有病吧？最好是……我、我要去掃外面了！」

＊＊＊

男人身上纏滿了女人，揹著痠痛的肩頭往前走，吳育維正對著一樓門面，看得目瞪口呆。

『還掃地！去看又不會少你一塊肉！』

『那個人拋棄了好幾個女人，那些女人自殺纏著他了。』圓臉大媽推推他，『這事不重要！』

「那什麼才重要？」吳育維厭煩地說。

「你說呢？」

突然間，陌生的聲音在旁響起，吳育維緩緩轉過去，才發現左手邊曾幾何時站著一位西裝筆挺的男士。

他即刻別開眼神低下頭，緊張地握著掃把。

「你明明都在跟這麼多人說話，卻沒人懂你，不覺得很委屈嗎？」男人一笑，語出驚人，讓吳育維瞪大了眼。

這個男士知道——他知道他看得見那些鬼！

「習、習慣了。」他戰戰兢兢，「你也、也看得見？」

「我不重要，你要思考的是，為什麼你有這個能力。」他的聲音很溫柔，「你人生的意義是什麼？」

吳育維蹙起眉，困惑不解地看向長得極好看的男人。

「絕對不是讓你冠上思覺失調症用的，吳先生。」男人準確地說出他的姓氏，「好好想想，有什麼是只有你能做的事？那或許就是你的天命。」

天命。

男人語畢轉身離去，吳育維緊握著掃把呆站在原地，看著他的背影遠去……然後，少女的臉倏地塞到他眼前。

『聽到沒？就只有你能看得見我們啊！你就去看一下嘛！』

只有他！吳育維正了首，看見貼在玻璃門上的菲律賓大媽跟男人，不停地朝樓上比劃。

到底他的天命是什麼？

＊＊＊

『記者現在在法院……我們現在看到，在層層警力包圍下，嫌犯被帶出來了！』

緊接著，記者一窩蜂地衝上前，麥克風朝向的是鄭奕仲律師。

『這個判決結果是您滿意的嗎？幫助殺人兇手逃過法律制裁，您該怎麼對受害者家屬交代？』

「請大家不要忘記，陳彥行是我的兄弟，我最要好的朋友，但我同時也是律師，兇手也有人權，更別說思覺失調是經由鑑定的，而且我的當事者情況相當嚴重，這使得他分不清現實與幻覺。」

『那請問陳彥行的家屬會怎麼想？既然你與他情同手足，但現在卻幫助兇手逃過死刑？』

「我只是盡一個律師的義務。」鄭奕仲認真嚴肅地回應，「吳育維生病了，這假不了，他病得非常非常嚴重。」

記者們的聲音在耳邊嗡嗡作響，但是吳育維不在乎也聽不到。

『你終於又看到我們了！』圓臉大媽哭著說。

「好、好久不見。」吳育維泛起淡淡的微笑，面對突然出聲，押送他的法警不禁錯愕。

『遙控器還在，藥也還在，一定要摧毀那些東西！』少女緊張地喊著。

「吵死了！用說的，不要尖叫！」吳育維厭惡地說。

四周的記者都靜了下來，大家都留意到吳育維正積極地自言自語，記者們將麥克風遞得很前面，只憂心收不到音。

「我知道，不要急好不好？我比你們聰明多了！」吳育維不耐煩地喊著，終於將視線對焦，看向包圍他的記者們，他仍在護送下朝車子的方向走，突然緩下腳步，看向就近的一個美女記者。

一時之間，大家以為他要發表什麼，記者們更逼近地衝上前，警察們則急著想把他帶走。

「他說沒關係。」吳育維對著那女記者說道：「他說妳要放手，真的沒關係。」

女記者完全不懂他在說什麼，而且還這麼認真地對著她？

「吳育維，你對於逃過死刑有什麼想法？你從未對被殺的十七人道歉，你真的一點歉意都沒有嗎？」

吳育維歪著頭，聳了聳肩。

「不是十七。」他緩慢地說。

「不是十七？意思是你殺過更多的人嗎？」有個記者尖銳地提出問題。

「停停停，請不要誤導我當事人，他在自言自語，請不要當真！」鄭奕仲緊張地擠了過來，「警察先生，我們快走！快點走！」

「等一下！他說不止十七是什麼意思？」

一陣混亂中，總算把嫌犯送上車，只是記者們依然圍在車邊堵死，不讓警方離開。

『有夠智障，不是十七跟不止十七差很多好嗎？』少女不爽地抱怨著。

「他們不、不是智障，是唯恐天下不亂。」吳育維坐在車裡，轉向外面那擠在門邊的女記者。

他的兩旁都坐著警察，突地探身往左，表達想要降下車窗的意圖。

「沒關係。」他再度說了，「跟她說，他說他什麼都知道，他是永遠的月亮！」

法警並不想理他，「可以走了嗎？這些記者實在是……」

看著左邊的法警無動於衷，他突然大動作地往旁擠去。

「喂喂──」警方緊張地擋下他，「你做什麼？」

吳育維歇斯底里地扭動低吼：「跟她說！快點！」

「你──」法警原本不爽，卻突然靈光一閃！

降下車窗時，記者們那嗜血的雙眸都亮了！

「妳。」警方指向那位女記者，請過來。

法警仍舊刻意小聲地附耳：「他說他什麼都知道，他是永遠的月亮！」

什麼……？女記者呆了，越過警察看向吳育維。

「大家問她！她懂！」警察把球丟給了女記者。

下一秒，記者們果然集體目標轉向，警車得以順利地駛離現場。

吳育維回過頭，看著被團團包圍住的女記者，她依舊處在震驚中；而她的身後，站著一個頭破血流的男人，雙手由後環抱著她，溫柔地笑著。

她的月亮，剛剛拜託他轉告了呢！

＊＊＊

回到監獄沒多久，鄭律師趕過來看他。

「無期徒刑還是重了一點，但我會爭取非常上訴，畢竟十七條命，法官也不能判得太輕。」鄭奕仲語重心長，「你還好嗎？」

吳育維點點頭。

「我知道你不想說原因，也不願道歉，目前這都無所謂，等想講時你再告訴我吧，至少我盡力免去了你的死刑。」鄭奕仲嘆著氣，「但你知道我跟彥行是好朋友，要這樣面對你我已經很痛苦了，我就只想知道一件事——兩年了，你能不能看在我爭取到無期的情況下，告訴我實情？」

「我知道。」吳育維突然向旁側首低語，彷彿他右邊有個人。

鄭奕仲已經見怪不怪了，這兩年的接觸中，吳育維時不時會如此。

「陳彥行那條隨身的項鍊，從小戴到大，但是……你殺掉他們那天，卻沒有在現場。」鄭奕仲平靜地望著他，「吳育維，你可以告訴我，是你拿走了嗎？拿去哪兒了？」

「你想要那個。」吳育維抬起頭，這是兩年來第一次，鄭奕仲看見了他的雙眼。

「是，他的媽媽也在問，因為監視器可以看見你似乎從地上撿走了它。」鄭奕仲動之以情，「那種東西對你沒有意義，但對於陳家人而言很重要的……」

「因為這樣，你才一直努力不讓我死對吧？」吳育維突然打斷鄭奕仲，雙眼依舊盯著他。

鄭奕仲略愣，總覺得今天的吳育維……說話異常清晰啊。

「這是你的權利，我只是盡我的職責。原本你就不可能判死刑的，我只是怕法官被輿論影響。」鄭奕仲義正詞嚴地回應，「你說得好像我為了讓你交代那條項鍊的下落，才極力為你爭取這些？」

「律師，你之前就問過我了，我一直不講，你一定很擔心萬一我被判死刑，你就永遠不知道了。」

鄭奕仲不悅地深呼吸，「那條項鍊是很重要，但沒重要到這種地步！」

「是嗎？」吳育維聳肩，「不過我會告訴你的，因為我突然發現我事情沒有做完。」

「什麼事情？」桌上的手機不停地響著訊息，全在問十七的事，「天哪，你剛剛為什麼要對媒體說話？什麼不是十七？這是什麼意思？」

「十八個人。」吳育維突地語出驚人，「我殺了十八個人。」

什麼？不只是鄭奕仲，連獄警都嚇一跳。

「你冷靜點，你是幻想你殺了誰嗎？」鄭奕仲也朝著旁邊的空氣望去。

吳育維身子前傾，以眼神示意律師的接近，鄭奕仲深吸了一口氣，嚴肅地湊近他，側耳傾聽。

「我知道那條項鍊是遙控器，按下去所有的藥都會投到水裡面去，上次我突然看見他們統統在你背後，指著我怒吼著說：遙控器被你拿走了，我才知道原來喪心病狂的不止十七個人。」吳育維一字一字，在鄭奕仲耳邊輕聲說道，「你是第十八個。」

鄭奕仲瞪大雙眼，卻又冷靜自持地瞄向吳育維，眼神裡完全呈現的就是：你在說什麼？

「想隨機殺人的一直是你們，藥效就快過了對吧？你急了對吧？」吳育維突然揚起了微笑，「我會阻止這一切的——」

下一句伴隨著大吼，吳育維冷不防抓著鄭奕仲的頭就往桌面壓下，同時從袖子裡滑出不知何時藏著的筆管，唰地一下就刺進了鄭奕仲的頸動脈裡！

一切只在眨眼間，獄警上前扣住吳育維時已經來不及了，鮮血自鄭奕仲頸部順著筆管噴出，他以顫抖的手摸向筆管，不可思議地看向被壓制的吳育維，甚至還不清楚究竟發生了什麼事！

右臉頰貼著地板的吳育維，只是心滿意足地微笑。

那個男人鬼魂告訴他，這公司高層菁英分子的面具底下，才是真正聰穎的反社會人格，因為有著優秀的背景、聰明的外貌，世人都不會有所警覺。

他們研發致命藥劑，只要一個鈕就能讓藥物投入自來水廠，到時便是活生生的物競天擇，他們將坐看舉國上下的慘烈，看看最後剩下哪些人。

這才叫真正的無差別殺人，這個計畫稱之為「達爾文計畫」。

他詳盡地蒐證，跑去研究室確認相關的毒性藥品，也確定那些亡者所言不虛，他們全都是陳彥行的菲傭或朋友，還有不小心目擊到棄屍的逃家少女，全部成了藥物實驗對象。

吳育維在他們九樓小房間裡偷聽到秘密會議，確定D-DAY的日期與時間，開關在陳彥行隨身的項鍊裡，不必打掃的十樓倉庫中擺滿了瓶裝水，足夠他們數年所需。

那天，他們聚集在會議室，備妥香檳，即將執行計畫的那天上午，他光明正大地走進去，槍殺了那十七個人，一個都不能留，這是他的天命。

只是殺完後，卻再也沒看見少女或圓臉大媽他們，在牢裡兩年，依然看見其他人身上的亡者，就偏偏看不到那些「夥伴」，一直到那天反駁鄭奕仲他沒病的瞬間，他突然看見律師的身後，竟跟著那十七個人，個個氣急敗壞地指著他罵。

「必要之惡，我這是必要之惡！」吳育維喜不自勝地笑著，「我們成功了！」

『成功了！』眼下有痣的女人慶幸地歡呼著。『最後一個人，總算解決了！』

『世人會感謝你的！這幾個什麼菁英分子的變態，想要用這種方式大規模隨機殺人！你救了成千上萬的人啊！』男人蹲在他面前，咧嘴大笑。

『遙控器到底在哪裡啊？』瘦乾乾的女人介意著。

「放心！沒問題的！反正現在已經沒有人知道這個計畫了！」吳育維欣慰至極，對慌亂的獄警來說，這是個精神異常加喪心病狂的犯人在自言自語。

『說笑話吧？世人會怎麼感謝他？』少女靠著牆，冷冷說著。『用死刑回報他嗎？』

「沒關係，我心安理得就好！」吳育維大叫起來，「我心安理得——」

＊＊＊

『數天前因陳彥行屠殺案而被判處無期徒刑的吳育維，竟然在四個小時後，以暗藏的原子筆管殺害了這兩年來一直為他奔走的鄭奕仲律師，並且在刺殺後大笑地高喊他心安理得。』記者沉痛地播報，電視播放監視器畫面，被壓制的吳育維狂笑大喊。

『今天激動的民眾走上街頭，求處如此殘忍的人唯一死刑，精神異常不應該成為免死金牌……』

現場直播連線，群眾們群情激憤地想要上前毆打被警方押送的吳育維，警方層層戒備，吳育維依然從容，自言自語依然沒有間斷過。

「殺人魔！去死！」「死刑！唯一死刑！」

激動的吼聲響徹雲霄，代表著人們的憤怒，吳育維卻心如止水地被帶入法院，之前那位女記者一見到他便衝上前。

「為什麼你會知道他的事？」她焦急追著問，「月亮的事不可能有人知道。」

吳育維望著她，不再言語，因為他就在她身後啊！當年差三個月步入禮堂，男孩卻意外身故，事情已經過了七年，她現在有了動心的對象，卻遲遲不肯敞開心房，總覺得會對不起過世的他。

『我就像月亮一樣，永遠跟著她，一直守護她。』那個男人走在吳育維身邊，『我寧願她幸福啊。』

「反正我該說的都已經說了。」吳育維聳聳肩，其餘的事他鞭長莫及啊。

進入法院後安靜許多，記者都被擋在外頭。

『喂，如果最後法官判你死刑怎麼辦？』少女坐在法官桌上，蹺著腳。

『你就一直跟我們聊天啦，思覺失調不能判死刑的！』大媽坐在他手邊的桌上。

「我沒關係。」吳育維雙眼熠熠有光，「我已經找到了我人生的意義了。」

好孩子

完美，她痛恨這個詞，但自己的人生，必須自己救……

窗邊白桌上的咖啡還在冒著煙，盤子裡的培根卻漸涼，本該悠閒的早餐，卻被惡意取代！

「媽媽！」女兒驚恐地尖叫著，意欲撲上前。

「叫妳不要動！」男子尖刀抵上母親頸子，「再叫我就割下去！」

趴在地上的女兒發著抖，不明所以地望著男子，涕泗縱橫卻不知該如何是好，只能趴跪，看著尖刀抵在母親頸子上，她真的不敢輕舉妄動。

她不該回來的！她不是故意的啊！打開門的瞬間，背後就被尖刀抵住了！

「沒事的，不要怕……你不要傷害我的孩子！」母親溫聲地安慰著女兒。

「叫她閉嘴！」男子厲聲警告，揮舞著刀子，叫女孩往房間區塊移動。

「聽話，別叫。」母親的聲音都在發抖，但在寶貝女兒面前，她不能慌！不能亂！

女兒抿著唇點點頭，她順著歹徒的命令往房間的方向走去。

「左邊！」男子不耐煩地低吼著。

左邊？女兒愣住了，那是媽媽的房間啊！

不安回頭想確認指令，卻看見歹徒緊勒著母親的頸子走來，她只能踉蹌地往媽媽房間裡去。

「你……你想要什麼？我帳戶裡有一百多萬，我可以告訴你密碼，你全領走沒關係，我保證不會報警！」母親開始利誘，「這裡有任何喜歡的東西，你也全部都拿走，只要你不要傷害我們母女倆……」

男子低頭看了母親一眼，「我想要的比這些都還要有價值……」

咦？母親嚥了口口水，「你要什麼？我們就只有兩個母女相依為命，你要什麼？」

「閉嘴！」歹徒直指女兒，她淚水恐懼滾落，被這麼一吼又怕得蹲下身來。「感謝她回來，讓我省事！」

明明已經去上班的女兒，突然跑回家，連她都措手不及。

才倒好咖啡卻聽見鑰匙聲，奔到玄關時，看見的卻是架著女兒一同進屋的陌生男人；戴著鴨舌帽與口罩，刀子抵著寶貝的背脊，就這麼堂而皇之地跟著進了屋，完全不需要破壞門鎖或密碼，保全公司也不會收到警告。

她連女兒為什麼突然回來都來不及問，兩人就陷入了歹徒的威脅中。

「打開衣櫃。」歹徒再度下令，母親驚恐地意欲回身，這動作卻讓歹徒緊緊扣住，「妳做什麼！不許動！」

女兒戰戰兢兢地重新站起，泣不成聲，抖個不停的雙手打開母親的衣櫃，不明所以地回頭看向歹徒。

「再打開。」冰冷的指令出口，母親狠狠倒抽一口氣！

瞪大雙眼看著女兒，女兒蹙起眉不明白這是怎麼回事，眼前的衣櫃已經敞開，掛滿母親的衣服，還要再打開什麼？

「裡面有個暗門，把暗門給打開！」

「不——住手——」歹徒餘音未落，母親激動得開始低吼。

咚！歹徒一記從母親後腦勺敲下，疼得母親雙腿一軟，撫著頭倒下，痛得咬牙還頭暈眼花。

暗門？女兒不可思議地看著眼前的衣櫃，她怎麼會不知道家裡有暗門？

「右邊！妳不要動！」歹徒警告著在地上蠕動的母親，她還想阻止女兒。

暗門！女兒圓睜雙眼，唰地將衣服朝兩旁分開，她在這個家生活這麼久，竟從不知道母親的房間裡有暗門，暗門代表密室，這簡直是小說或是電影裡才會有的東西啊！

唰啦——觸及開關，一道門應聲而開，嚇得女兒縮回了手。

一股微風與氣味衝鼻而來，女兒不禁發愣……真的有暗門，後面還有空間。

女兒呆站在衣櫃前，腦子一片空白，暗門後面……該有什麼？

歹徒抓起了母親的頭髮，她痛苦起身，女兒茫然地站著，回首看向母親，再看向衣櫃，她不知道接下來該怎麼做。

「反抗！打他！」母親仰著頭大喊著：「乖孩子，快點打他！」

「閉嘴！」男人使勁地拽扯她的頭髮，母親痛得咬牙。

打他？女兒根本不敢，她飛快地搖頭，全身瑟瑟顫抖，這一看就知道是嬌慣大的孩子，能知道什麼？

唯母親的命令是從，沒有主見的乖女兒，遇到人生的戰事，一向也都是母親出馬解決。

「下去！」歹徒粗嘎地喊著：「妳，先走！」

「反抗他啊！」母親尖叫未止，又被男人揍了一記。

下去？去哪裡？女兒揪著心口把衣櫃的衣服取出，踏進衣櫃裡，站在那暗門前百感交集，一道木梯就這麼延伸而下，空氣中彌漫著一股酸臭味，還透著點微光。

這是哪裡？母親有什麼秘密？

「媽？」

還未踏出第一步，下頭傳來了令人錯愕卻虛弱的嗓音。

女兒吃驚地向下望，那聲音似乎與她有幾分相似？

「不——你這個混帳，你為什麼會知道這裡！」母親歇斯底里地掙扎，卻硬是被歹徒的刀柄敲下了好幾記。

「你不要打我媽！」女兒哭喊回身，「你住——」

「下去！妳再往前一步——」歹徒刀刃直接在母親頸子上割出血痕，「我割下去喔！」

好好好！女兒慌亂地後退，看著沒什麼氣力的母親被他人拽在手裡，她趕緊轉向密室，但下頭太黑，她什麼都看不見。

「開關在左手邊上方。」

下面又傳來聲音，這一次不是幻聽，女兒幾乎確定了那聲音與她太像了！伸手摸索，在聲音的引導下果然摸到了開關，簡易的開關一扳動，一室通亮。

「走啊！」背後被推了推，歹徒不甚用力，只是一種催促，女兒鼓起勇氣，一步步地走下樓。一步步，看清楚這間密室模樣。

密室只有兩坪大小，在樓梯下方偏右的地方有一張床，床下坐了一個長髮女孩，穿戴整齊，紮起馬尾，正吃驚地抬頭望著步下的她。馬尾女孩雖瘦骨嶙峋，但是卻有著與她神似的臉龐。

女兒掩鼻，這氣味是因為床後方的廁所嗎？兩個塑膠桶散發臭味，看起來是排洩物。

「為什麼？」女兒不可思議，她停在樓梯下方，與女孩對望，下意識撫上自己的臉龐。一樣的臉，她就是知道，這個藏在地下室的女生與她長得一模一樣！

只是她的雙腳畸形，膝蓋以下呈現不正常扭轉，看起來連站立都不可能，左手也有點奇怪，即使骨瘦如柴，但卻依然非常整齊清潔，頭髮梳得一絲不苟，服裝也素淨。

「哇呀——」

下一秒，樓上傳來的跌撞聲，嚇了兩個對視的女孩一大跳，歹徒將母親推下來了！

「媽——」這一聲叫喚，也同時來自兩個女孩。

叩咚，母親一路摔下樓，不省人事，女兒想衝過去，卻立即被從容下樓的歹徒制止。

「不要動！妳站過去！」他跳下樓梯，一骨碌來到母親身邊，阻止女兒逼近。

馬尾女孩瞠目結舌，簡直不敢相信，「你真的……回來了？」

「哼，我這個人言出必行！」歹徒輕蔑一笑，拉過母親衣服朝馬尾女孩的床邊拖。「輪到妳承諾我的了。」

「住手！這是怎麼回事！」女兒雙手抱頭，無法承受，「妳是誰？你們又在說什麼！」

馬尾女孩扭了腰，從床頭拿過她的礦泉水瓶，遞給歹徒，「叫醒她。」

歹徒扭開瓶蓋，二話不說澆淋了母親一臉，讓她在驚恐中甦醒，「啊啊——哇！」

「媽！」女兒腳軟地跪坐在地，不安瞄著那從容鎮靜的馬尾女孩。

「咳！咳咳咳！」母親咳得不止，好不容易看清眼前的景象。看見兩個在眼前的女孩，她瞬間刷白了臉色，「不不不——攻擊他！」

女兒驚恐搖頭，母親為什麼又這樣？刀子兇器都在歹徒手上，母親也在他手上，她怎麼敢攻擊？

「為什麼！為什麼你會知道這裡，你——」母親發狂地質問歹徒，突然一愣，緩緩地看向了馬尾女孩。

她如此地鎮定，凝視著母親。

「天哪……是妳？」

馬尾女孩輕輕笑著，自在地靠著床裙，「唉，終於讓我等到了。」

「不可能！妳在這裡不可能對外聯絡，妳只有我！」母親怒吼著，「妳怎麼可能安排這一切！」

「因為我。」歹徒將剩下的水一飲而盡，「一個月前，我闖了空門。」

什麼？母親難以置信地回頭看著歹徒，難道說……小偷進屋，找到暗門，然後……

「你被她騙了，不管她承諾什麼，我都加倍給你！」母親第一時間，抓著歹徒的褲管喊著。

歹徒睨著母親，不客氣地伸腳踢開她，接著從背包裡拿出準備好的繩子，開始綑綁母親的手。

「不不！」女兒想在這裡找個反抗的武器，卻遍尋不著。「你放開我媽！」

「攻擊她！玫軒，相信媽媽，妳衝上前掐住他的脖子！」母親掙扎著大吼。「妳做得到的，妳的力氣非常大！」

「我……我沒辦法！」玫軒嚇得哭喊。

「妳可以的！」母親滿是血絲的雙眼瞪著女兒，「因為妳不是人啊！」

咦？正趴在地上懊悔自責的許玫軒愣住了，錯愕抬頭，「媽？」

「妳是機器人！妳隨便都能擰下他的頸子。」母親氣憤地大吼著，「客戶編號3254689，啟動戰鬥模式——戰……」

戰鬥模式的密碼是什麼？母親呼吸急促，一堆數字在腦子裡轉著，卻拼不出來。

「陽光、黑色、搖滾、家具、媽媽、乖女兒。」

幽幽的聲音，來自雙腳畸形的女孩，隨著她話音一落，那原本趴在地上的女兒立即站起，直挺挺地呈現立正狀態，雙眼直視前方。

「妳在做什麼？妳對我的女兒做了什麼！」母親瘋狂地吼著：「玫軒！玫軒！媽媽在這裡，救媽媽啊！」

「女兒」文風不動，像尊沒有生命的人偶。

是啊，她本來就沒有生命。

「客戶編號3254689，乖巧女兒Ａ8型號待命中。」女兒語調零起伏地回應。

「呼……」女孩略鬆了口氣，「Ａ8，妳去幫忙綁一個讓媽媽無法逃脫的結。」

「是。」Ａ8回應著，面無表情地走向歹徒，這讓歹徒有幾分惶恐。

「沒關係的，她現在是聽我的指令。」馬尾女孩溫和地說著，「我才是許玫軒。」

看著「女兒」湊近，母親不停地喊著：「玫軒！是媽媽，媽媽啊！」

歹徒讓到一邊，看著Ａ8機器人牢牢綑綁住母親，另一頭還繫在床腳，只怕母親真的無法掙脫。

「我要不是那天親眼看見，我真不敢相信有人會把親生女兒關在這裡，然後訂一個機器人代替自己的女兒。」歹徒不可思議地說著。

「為什麼……為什麼！」母親怒不可遏地嘶吼著，拚了命掙扎。

「媽媽，妳不是從小就告訴我，要防患未然嗎？」許玫軒轉向了母親，「要做好萬全的準備，才是妳最優秀的女兒？所以，在我跳樓自殺前，就已經做好了萬全的準備。」她一抹苦笑，「因為我看見，妳在瀏覽機器人網頁，試圖訂做一個我……就因為我想要做自己、因為我不聽妳的話！」

一直以來，她就是媽媽的乖女兒，完全按照媽媽的要求打扮、念書、選擇工作，無一不順從……但其實她很想做自己，她想叛逆一次！

在這之前發現母親在詢問訂做乖巧女兒A8機器人，她恐懼媽媽會不會殺了她……結果在媽媽有所舉動前，她先崩潰了！

那天是她的生日，慶生完後她選擇跳樓自殺，卻沒有死成……斷掉的雙腿母親不可能為她醫治，所以將她囚禁在地下室，要她永遠當她的乖女兒。

直到那天，這個男人闖空門跑了進來。

家裡有保全，闖空門在一分鐘內沒輸入密碼就會警鈴大作，看著走下樓的男人，他勢必有密碼，所以她就知道：五年到了。

五年前，在沒想過自己會自殺前，她為自己設下了一個保險絲。

那是一個新來的同事，長得相當俊美的男人，原本因他小鹿亂撞的心，卻在一次午茶談話令她震驚！因為那男人告訴她，如果她再不活出自己，會永遠被母親禁錮。

「我能怎麼辦？」發現同事知道她的情況，她握著他的手像抓住浮木。

「妳只能自己想辦法，妳沒問題的。」同事連笑都迷人，「畢竟妳的母親應該總是嚴格要求妳，什麼都做到完美吧？」

完美，她痛恨這個詞，但自己的人生，必須自己救。

她使用母親的電腦查看瀏覽紀錄與信件，幾乎確定了母親要訂做一個機器人，但暫不取貨，像是一種對她表現的審核：如果她再不完美、再反叛，母親就要讓機器人取代她的位置。

母親會的，她太瞭解母親了，不夠優秀、不聽話，就不是女兒了！

身在家具業的她人脈甚廣，輾轉找到了機器人公司的朋友，給了訂單號碼與一切資料，希望在機器人裡加裝一組緊急語音密碼功能，以備不時之需。

最後，她告訴兩個連母親都不知道的朋友，平常不主動聯繫，但五年內如果她都沒在自己生日時，對她們說生日快樂，請替她寄一封mail。

Mail是給那位俊美的同事，即使空白信件，他也會知道是怎麼回事，他們說好的。暗語很怪，但泛泛之交的朋友們還是接受了。

原來五年了，上個月A8似乎出問題，她聽見爭吵，然後科技公司前來處理時，她就覺得奇怪了！

機器人不太可能反叛，勢必有人對機器人做了什麼。

兩星期前，當小偷走下來時，她就知道，重獲自由的時機到了——只要她能接近機器人！

「得找個鐵鍊來，把母親鎖住才安全。」許玫軒朝向A8，「抱我上去。」

「不必這麼麻煩吧，把她腿也打斷就好了。」歹徒說得自然，「等等讓機器人幫我一個忙。」

被抱起的許玫軒一愣，微微一笑，「無所謂，反正母親是你的了。」

機器人抱著真正的女兒，穩穩地踏上木梯，母親不可思議地看著要離開的她們，完全無法接受。

「不——玫軒，妳不能把我扔在這裡！我還是妳媽，我是最愛妳的媽媽啊！」母親歇斯底里，「我只是太愛妳了，妳不能就這樣離開我啊！」

「妳真的很變態。」歹徒蹲下來，歪著頭看向母親。「對孩子的占有欲強到這種地步，這種愛太可怕了。」

「你懂什麼！那是我的寶貝女兒，她居然想離開我——我只是希望孩子在我身邊而已！」母親仰天長嘯，「身為一個母親，愛自己的孩子哪裡錯了！」

沒錯。

歹徒驀地劃上暖心的微笑，二話不說上前緊緊抱住了正在哭喊的母親。

母親登時愣住了，她不明白這個擁抱是什麼意思，恐懼與惶恐侵蝕她，她只是想掙脫那個過分炙熱的懷抱而已。

「放心好了，我一定會一直陪在妳身邊的！」歹徒更加用力地抱著，「從今天起，妳就把我當成妳的孩子吧！」

什麼？這男人……母親瞠著雙目，這男人在說什麼啊！

「妳不必給我什麼報酬，我要的就是這個。」男人驀地捧住母親的臉，「我要一個永遠不會離棄我的母親，這樣的母愛，是我從來沒有過的。」

男人幸福地微笑，還在母親的頰上吻了一下。

「答應幹這筆真的是太對了！」男人喜不自勝，「以後的日子，妳就依靠我就好了！放心好了。媽！」

媽？媽？男人起身，三步併作兩步地上樓。

「我不是你媽！你瘋了嗎？你永遠都不會是我孩子的！」母親抓狂地嘶吼，「玫軒，妳不能這樣對我！不能！」

暗門前的女兒停下了，她幽幽回眸，「媽，他會是一個絕對永遠不會背棄妳的孩子。」

妳要的孩子。

機器人將女兒放到了沙發椅上，她一時還不能適應外頭的光亮，寬廣的房子讓她有點感傷。

「下去把媽媽的腳折斷吧，順便拷貝她的大腦所有記憶。」她交代著，機器人即刻面無表情地轉身，再度走下樓去。

男人瞄著她，逕自到廚房去翻箱倒櫃，最後端了杯咖啡出來，溫熱的咖啡壺一直都在保溫中，許玫軒看著遞來的咖啡時，淚水不自禁地滑落。

「咖啡耶……」她捧著咖啡杯直發抖。

五年，除了該死的牛奶麥片外，她沒有吃過其他東西！

男人知道，闖空門那天他就什麼都知道了，多麼變態的愛，又多麼偉大，那是從小被母親遺棄的他，所渴求不到的。

「所以？」他謹慎地開口，他沒料到這個女人能操控機器人。

「說好的媽媽給你，這屋子也送你……好好對她。」許玫軒喝著咖啡，淚水無法控制地不停滑落，「給我一個月的時間處理好，我、我就走……」

「送我？這間屋子？」這天上掉下來的禮物讓男人受寵若驚。

「不然你怎麼養媽媽？」女兒微微一笑。

「那妳呢？」

「我？不必擔心我，除了屋子外，我還有很多錢可以運用……」許玫軒苦笑，涕泗縱橫，「你覺得我還會想再待在這個家嗎？我其實一秒都不想！」

她痛苦地嘶吼聲，也蓋不過自地下室傳來的慘叫聲。

旋即腳步聲響，機器人回到了房子裡，樓下迴盪著淒慘的哭喊聲；不過男人不怕，這隔音想必非常完美，畢竟當初是母親用來囚禁她的乖女兒的。

「我還是覺得……這天上掉餡餅的事太玄了。」男人抱持謹慎的態度。

「這是報恩，我謝謝你救了我，如果不是你，我不敢想像我的餘生！我才三十歲啊！」許玫軒激動地看著他，「我真的真的……要我送什麼給你都行！」

男人蹙眉上前，反握住了她的手，「是我要謝妳，妳給了我最珍貴的東西。」

最珍貴啊……許玫軒苦笑著，淚眼汪汪地看著男人，他覺得珍貴的卻讓她喘不過氣，折磨得她生不如死啊！

「你說，是誰讓你來我家偷東西的？」她抹去淚水，幽幽地問。

「不認識，但給了我地址跟密碼，說保證我會得到這輩子我最想要的寶物。」男子一笑，「媽的居然是真的！」

許玫軒凝視著他，「你用什麼交換？」

男子一愣，瞬間了然於胸，眼前的女子也做過了什麼交換吧？

只見他伸出食指，輕輕地擱在唇上。

「噓——」

兩人同時噤聲，心照不宣。

男人起身，前往密室，他得讓母親吃兩顆止痛藥；許玫軒望向了飄動的簾子，陽光在地板上隱隱約約，她都忘了有多久沒見到陽光了。

瞄向一旁的機器人。「把剛傳輸的記憶模組存取好，再上網訂做一張母親的臉吧，妳不能再用這張臉過下去。」

她已經出來了，這個家不需要兩個乖女兒了！機器人領令，拉開椅子即刻坐下來使用電腦。

「記憶裝置備份完畢。」機器人回報著。

許玫軒自然地拿起一旁的電話，「美好科技公司」。

「現在撥打，美好科技公司。」手機回應著，沒幾秒後，電話接通了另一端。

「您好，客戶編號32254689，請問有什麼需要服務的？」

「您好，我的乖巧女兒A8型，想要進行汰換，希望以原本的型號進行維修與改造，樣貌與意識都要全部重洗，新行為模組與意識已有檔案，請問何時會來回收？」

「您好，為您預約明早八點前去取件，請您備妥機器人與替代記憶體模組。」

「沒問題，我還要換外表與更動身型，詳細我都上傳到A8上了。」

「好的，請問您想更換的參考型號是？」

玫軒泛起笑容，忍不住地淚光閃閃。

「慈母M3型。」

未來，她會有一個好媽媽。

而媽媽，也會有個絕對不會離開她的好兒子。

外遇

他們只是自私，追尋自己所愛，但身而為人，誰不自私……

小三都是賤貨。

女孩打著傘，刻意遮去自己的容貌，自然地假裝是路上行人，實際上她卻是跟著前方一對狀似親暱的男女。

男女共撐一把傘，男人親密摟著女人，他們在雨中有說有笑；穿著學生制服的女孩悄悄瞪向前方，中間隔了好幾位路人以遮擋她的存在，看著說笑的男女真令人作嘔，那女人在這裡跟男友濃情蜜意，另一頭卻跟她爸爸共築愛巢！

小三就是賤，明知道別人有家庭了還要介入，這樣破壞別人的家庭是什麼心態？而且還腳踏兩條船？最讓她想吐的是，之前她見過那女人還跟別的男人在一起！

好噁心，這簡直跟妓女沒兩樣，她更無法接受的是，媽媽這麼溫柔美麗、會做飯人又好，爸爸居然會跟這種身材外貌都不及媽媽的女人外遇？難道就因為她比較年輕嗎？月台上擠滿了人，女孩失去傘的遮掩，刻意躲在最後方，讓滿滿人潮遮掩；那對男女就站在月台邊，她瞪著他們的眼神幾乎都要燒穿他們的身體，如果可以……如果可以不讓人看見的話——

就把這賤貨推下去被碾成碎塊，她勢必會欣喜若狂的！

身子隨心所想，她往前邁了一步，就這麼一瞬間，有個人突然從她面前經過，嚇得她趕緊止步。

「對不起。」男人轉過來道歉，有張好看的臉，「這樣不太好吧？」

「咦？」女孩一愣。

「這裡到處都是監視器不說，妳……自己有裝視鏡吧？」男人揚起微笑，那是張比偶像還迷人的臉龐。

女孩嚇了一跳，她眨著眼看向眼前的男人，眼前所見如同鏡頭，現今科技進步，人人都能在眼球裡安裝「視鏡」，記錄一切所看所聞，可以存取、移動或是刪除。

她的確裝有視鏡——但是，這個男人為什麼會知道！

「很多事情不是表面那麼膚淺，什麼故意破壞？什麼比較美就該被選擇，妳還小，什麼都不懂。」男人笑得一臉和煦，「冷靜下來，再過幾年妳會明白的。」

「你……為什麼？」她雙手緊握，為什麼這男人好像知道她在想什麼！

後方一陣推擠，又有人潮擁來，女孩一分神回頭，再正首時卻失去了那頎長俊美的身影。

列車進站，下班放學的人潮爭先恐後地湧入，她默默退後直到貼著牆，看著那小三與男友也消失在她的視線中；抬起頭張望，人們現在的確處於被監視的年代，四處均有監視器，更別說多數人都裝設視鏡。

連她自己都是一個鏡頭，如果她失控做出什麼犯法的事，哪逃得過？那個帥哥倒是提醒了她這一點，如果她想下手，就必須巧妙避開這一點。

轉過身，她離開了月台，她突然明白自己該做些什麼了！

＊＊＊

螢幕裡突然跳出了訊息，嚇了一跳，陵儀狐疑地看著那訊息來自於她的行事曆，暗暗噢了一聲。

「欸，這是玫軒……妳記得嗎？」她在電腦上傳訊某個同好社團的朋友，「如果五年沒跟我們道生日快樂，要我們寄mail給某個人？」

視訊開展，螢幕另一邊的女人懶洋洋地打了個呵欠，「誰？」

「就有個在家具公司上班的啊，許玫軒，記得嗎？」陵儀邊說一邊查詢自己過往的社交媒體，「我行事曆有註記耶，今天剛好是第五年！」

另一頭的女人皺起眉，很認真地回想，「五年都沒聯繫的人占我腦子記憶體做什麼？對了，生日快樂！」

「謝謝！」陵儀笑了笑。

「怎麼？今天有什麼打算嗎？」女人挑了挑眉，「什麼時候要讓我見妳的神秘男友？」

「再說吧！」陵儀的笑容微斂，顯得有點僵硬，「欸，我晚上還有約，妳負責寄mail給那個人吧！」

「嗄？」女人皺起眉，「這也太奇怪了吧！」

「妳看妳的行事曆，當初大家都有記詳細！我把那個人的mail給妳了！」陵儀邊說，一邊留意到手機亮起，訊息進來：我已經在樓下等妳了。「我先走了！掰。」

「好浪漫啊！」女人調侃著。

陵儀嬌笑中帶了幾分無奈，匆匆收拾東西便下了樓。

她今晚跟男友見面，他們是同事介紹認識的，男生對她一見鍾情，第一次見面就說自己被迷住了！爾後猛烈追求，她很快地也答應交往……喜不喜歡，她自己不知道，她只知道：一定要走出去！

告訴自己：說不定就是這個男人，待她這麼好，如此貼心，人又幽默會逗她開心，能夠成為她生命中最重要的男人！

她必須爬出來原本的深淵，不能夠越陷越深……那不該踩入的泥淖，會淹沒她的。

「所以妳覺得呢？」男友回頭問著低頭走路的女友。

陵儀沒有反應，一雙眼看著自己的鞋子，也有可能是更遠的地方；男友若有所思，一抹苦笑，「陵儀？」

「啊？什麼？」她趕忙回神，「抱歉，你剛說什麼？」

「我說，我想辭職，到南部去工作，妳覺得怎麼樣？」

「到南部？」她微抿了抿唇，「如果那個新工作很好的話……」

男友笑了起來，但笑得非常苦澀，「我們分手吧！」

「咦？」陵儀愣住了，「怎麼了？為什麼突然提分手？」

「妳的心不在我身上，對吧？」男友望著她，眼底是載滿喜愛的，「我很努力了，但每次出來妳很少聽我說話，在家裡時若我不找妳，妳也不會主動聯繫我……」

陵儀一陣心虛，因為她的確沒那麼喜歡他，她還在練習……練習怎麼去喜歡上這個人。

「是我的錯，我有點心不在焉，但是——你很好，真的很好，問題出在我身上。」

「我懂，我也真的很喜歡妳，但感情是勉強不來的。」男友將手上的袋子遞給她，「我想快刀斬亂麻，我們也不要再拖下去了吧——生日快樂。」

陵儀望著眼前的禮袋，雙目含淚，這男人好到會讓她愧疚！她搖著頭，淚水跟著滑落，「我不能收，我不是故意要傷害你的，我——」

「前」男友微笑上前，把禮袋塞進她手裡，「拿著吧，妳沒傷害我什麼，這段日子能跟妳在一起，我還是很開心的……再見。」

再見。

男人這麼說著，就這麼略過她離開，她知道那個人很傷心，都快哭出來了還是故作堅強，甚至祝福她！他是那麼地喜歡她、呵護她，被愛著的人不可能感受不到，一切都是她的錯！

因為她的心裡，有著揮之不去的男人！

不管試著跟多少人交往，就是忘不了他！他們分手好幾次，每一次提分手的都是她，每一次哭到不能自已的也是她！總是想著他的笑、想著他的溫柔、想著他在耳畔呢喃的聲音、想著他的胸膛與肩膀，還有那些互擁著，能一起醒來的清晨。

淚眼朦朧地走回家，她怎麼這麼窩囊？難道她想這輩子都想著那個男人到老死嗎？這一次也是她提的分手，她更不該再跟他聯絡！

轉進巷子裡，她拿出鑰匙開了門，這是她買的小窩，每層二十坪左右，公寓三樓加四樓改裝的樓中樓，住起來相當舒適；只是才開門，就發現了玄關的不尋常，一雙熟悉的男性皮鞋，就在地上！

不會吧！她胡亂脫了高跟鞋，慌張地衝進客廳裡，滿屋香味四溢，餐桌上擺滿熱騰騰的佳餚，圍著圍裙的男人正端著一鍋湯，從廚房裡走出來。

「啊，妳回來啦！」男人靦腆地笑開了顏，「我沒想到妳會這麼早回來……」

她望著笑吟吟的男人，淚水掉得更兇。

「為什麼……你會在這裡……」她一開始就泣不成聲，「你怎麼可以來！」

男人帶著愧疚上前，輕輕地摟住她的肩頭，「生日快樂。」

生日快樂，這一句輕聲細語，就足以融化她所有的堅持與誓言！她鬆開手，前男友送的禮物落在地上，她的雙臂卻環上男人，撲進他的懷裡。

他知道，她不可能放下他！所以即便她這次提分手，他今天還是來了！

「別哭了，再哭眼睛都腫了。」他吻上她的臉頰，「來嚐嚐我的手藝。」

「你本來就很會做飯！」她抽抽噎噎地，讓男人拉到餐桌邊，如紳士般為她拉開椅子坐下。

「煮了妳最愛吃的。」男人動手為她夾菜，卻下意識地看了眼鐘，這個動作她已習慣，十年來一直如此。

「我們還有點時間吧？」她抹了抹淚。

「嗯，我說了晚上有飯局，今天妳生日，我十一點到家就好。」他緊緊握著她的手，「對不起，無法陪妳過夜。」

她搖了搖頭，「這樣就夠了！」

是啊，在她生日這天，煮一頓她愛吃的好菜，等等他們可以窩在沙發上相互依偎，享受那數小時的寧靜，這樣就足夠了。

她不敢也不能奢求太多，因為，他的家不在這裡。

那是個有女主人也有公主與王子的家，他有一個精明幹練的妻子，有一男一女的孩子，那才是他真正的家。

＊＊＊

陵儀隔天起早，在廚房忙碌，她準備了中式的稀飯早餐，肉鬆、醬瓜還有一盤韭菜煎蛋，每道菜均分在小碟裡，刻意擱到餐桌上；電視旁的櫃子上有許多照片，都是陵儀各個時期的相片，還有已經不復存在的全家福，她抽起一位男人的個人照，她的父親，回到餐桌上，好整以暇地擺在那些清淡的早餐前。

執起筷子時瞥了眼指頭上的鑽戒，那是男人昨夜送她的禮物，T牌的一克拉鑽戒，送得她心花怒放……因為這是他們在一起第十年的紀念。

「爸，早，今天煮了你最愛的早餐。」她看著相片，熱切地招呼著，「吃吧！」

她的父親已經亡故，就在她十六歲生日的隔天，所以今天便是父親的忌日；曾有那麼幾年，她完全不敢過生日，也是「他」帶著她走出哀痛。

「那醬菜是翌彥親手醃的，他也想盡一份心。」她將醬瓜夾到稀飯裡，「蛋可是我煎的喔！」

那一年，在外面有女人的父親回家了！不再有頻繁的應酬或出差，父親突然變回家裡的男主人，母親平靜地彷彿沒事，她跟妹妹更是欣喜若狂，他們家就像回到了當年的和樂……當然，她刻意忽視父親的鬱鬱寡歡。

那年全家一起幫她慶生，去吃大餐，回來爸爸也送了她最想要的腳踏車，一切是那麼的快樂幸福，但隔天父親卻在自己車裡燒炭自殺，一封遺書都沒留下。

一切是那麼地措手不及，她跟妹妹都無法接受，反而是媽媽冷靜地處理父親所有的後事，直到葬禮前一天突然崩潰，在靈堂前歇斯底里！當年才十六歲的她根本不知所措，抱著妹妹也在靈堂裡痛哭失聲……那時，前來探視的父親朋友及時出面，臨危扛下喪葬事宜，讓隔天的告別式完美結束。

那就是她與翌彥第一次的見面！爾後他擔憂她們的狀況，不僅常常到家裡探訪，還照顧她們的生活，在母親關在房裡的那段日子，她跟妹妹都是吃著他煮的飯菜。

原來父親曾對翌彥有恩，翌彥認為回報父親是理所當然！照顧她們大約兩個多月，媽媽漸漸走出傷痛，人也恢復正常，尤其是當領到保險金後，媽媽就再也沒有掉過淚了！

笑顏逐開，接著不出三個月，她們家就出現了另一個叔叔。

有叔叔後，翌彥就不再頻繁出現，只是偶爾聯繫問大家的安好，但是她們姊妹都厭惡家裡多了一個陌生男人，那時常與母親起爭執，動輒離家出走，也都跑到翌彥家去躲。翌彥的妻子如同溫柔的大姊姊對她極好，還有客房供她吃住，一雙稚兒也天真可愛，那時總是纏著她要一起玩耍。

終於熬到上大學，此後她便搬出去，畢業後找工作找房子也全託翌彥幫忙，當年父親的遺產也正是因為翌彥協助處理，做了有效分配，她與妹妹的那份都足以保存下來，她也才能買下這間屋子。

如果不是他，她的人生不知道會變成怎麼樣？連這棟房子也是跟他一起看的，然後她就愉快地布置新家，裝潢設計與顏色，一應都是他的喜好……

再度看著右手上閃閃發光的戒指，陵儀揚起嘲諷的微笑。

是啊，不知不覺間，她跟他走在了一起。

「十年了，爸，這是你為我們牽的緣分嗎？」她問著照片裡的男人，父親笑得一臉爽朗，很難想像他會一句話都沒留下地燒炭自殺。

手機響起，她瞥了眼，意外地竟是久未聯繫的母親。

＊＊＊

父親忌日這天她都會請假，但都是她隻身去憑弔，她一年很少跟母親說上兩句話；今年難得，母親知道她會去塔裡看望父親，約著一起去上炷香。

開車抵達公墓時，母親已經到了，沒見到叔叔她內心鬆了口氣，妹妹自然不會出現，妹妹討厭叔叔，也討厭媽媽，關係相當惡劣。

她們放下供品朝菩薩拜了拜，便再去到父親的塔位。

母女間話本少，每次聚在一起，能談論的也只有父親。

「我跟妳叔叔想結婚了。」母親突然迸出這麼一句。

她有點詫異，但表面平靜，「都這麼多年了，怎麼現在才說要結？」

「沒辦法，總是得等他離了婚，那女人不甘心，拖了我這麼些年才肯簽字。」母親隨意攏了攏亂髮，已不見當年那份美麗優雅。「妳叔叔也付出了很多才換得自由。」

陵儀驚愕地看著母親，「叔叔……有家庭？」

「一直都有。」母親看著父親的靈位，「他也知道，這麼多年了，我對他總是心裡有愧，現在終於要結婚了，覺得該跟他說說。」

「……爸知道？什麼意思？」陵儀覺得有點難呼吸，「妳跟叔叔不是在爸死後才在一起的嗎？」

母親看向她，揚起一抹傻孩子的笑容，「妳爸啊，早就發現我不愛他了吧！叔叔其實是我青梅竹馬，我們當年陰錯陽差地錯過，又在不對的時間重逢，那時我以為我們不可能了，所以嫁給了妳爸，還有了妳們。」

陵儀腦袋一片空白，「妳……早就外遇？」

「很早，跟叔叔重逢過我就確定忘不掉他，他才是我一生最愛，我只想跟他在一起！但我有孩子有婚姻沒辦法，懷著怨氣就對妳爸很冷淡，幸好冷沒幾年，妳爸也找到知心的女人……」母親默默抹去淚水，「為了妳們姊妹，我們都保持微妙的平衡，直到我確定他是真心愛那個女人時，我決定開誠布公，大家和平談分手——只是我真沒想到他會突然回心轉意，跟我說什麼還是這個家重要？然後沒多久直接自殺，不負責任地把妳們丟給我！」

陵儀傻了，媽媽從沒有恨過父親外遇，恨他對婚姻的不負責任，她怪罪的是：父親重新返回家庭？那晚在靈堂前的崩潰，為的不是小三，而是他的尋死嗎？因為把她們姊妹丟給媽媽了？

「為什麼……為什麼你們都不早說！」陵儀忍無可忍地低吼。

「我本來要說了！只是我沒有想到他的女人死了！那我能怎麼辦？我還是這個婚姻名義上的妻子，加上妳們還小，我跟他無愛但有情，他沒戳破我跟叔叔的事，我也沒提到他的外遇，大家只能維持平衡……」

不不不！陵儀痛苦地緊握飽拳。「為什麼？你們在做什麼，為什麼心裡愛著別人，卻要跟不愛的人在一起？你們這是在折磨更多人啊！」

母親看著她，失聲而笑，「是啊，為什麼呢？就因為責任吧！對婚姻、對家庭的責任死死地束縛住我們，為了孩子跟這個家的完整，讓我們在有限短暫的人生中，無法追尋自己所愛……甚至連做自己都辦不到。」

「不要拿我們當藉口！既然知道人生很短，就該追尋自己要的東西啊！」陵儀忍不住咆哮出聲，「不要說得好像是我跟妹妹害得你們不能跟自己所愛在一起似的，還為了責任跟不愛的人虛度時光，貌合神離地過每一天！」

陵儀怒吼的迴音陣陣，她不知道是為自己吼的，還是為母親吼的。

「當然要為了妳們，妳是現在長大了，但如果在青少年時我們離婚或互有外遇，妳們怎麼能接受？」媽媽仍不後悔，「那個年歲，一旦走偏，就偏了啊！」

一旦走偏……早就走偏了！已經來不及了啊！

那個十六歲的她，為了母親抱屈、為了要自己的父親回來，她殺了那個女人！避開了視鏡能錄到的影像，她不是闔眼就是別開眼神地傳遞紙條，以見面談判為由，找了沒監視器的地方與那個小三見面，悄悄地換掉了她的氣喘呼吸器，還在她皮包內放進了會發出巨響還會跳出來的整人玩具。

她不知道哪個東西奏效，總之，那天與她分開後，女人出了車禍，開車自撞電線杆身亡。

警方查過視鏡，也查過她當天去同一個地方，但她以寫生為由，之前早就安排每天都去那個談判點畫畫，也早就備好了即將完工的圖畫，談話的部分她在一離開就刪除了，在她沒有重大嫌疑的前提下，警方沒有權限恢復被刪除的資料。

沒有人知道她做了什麼，只是她沒有算到，父親最後竟會選擇自殺！

時至今日，一如月台上的男人所言，她也明白了！或許人們只是純粹相愛而已，父親與小三、母親與叔叔，他們只是自私，追尋自己所愛，但身而為人，誰不自私？

「這不是我要的人生！」陵儀驀地看向母親，「人生沒有幾十年，我要做自己，我只要為自己而活。」

母親蹙眉不明所以，她深吸了一口氣後，轉身堅定地離開。

她不再猶豫，她要奔向那個男人的懷抱，再也不提分手，也不再想試著跟其他男人交往，騙自己或許會愛上別人。

因為她只愛他，她沒有想要破壞誰的家庭，因為他的家庭與孩子根本關她屁事。

她，只是愛著那個男人而已！

＊＊＊

穿著一襲洋裝，陵儀拎著簡便的行李，確定方向後走上了月台，皮包裡放著護照與機票；翌彥以出差為由，要與她一同出國五日，慶祝交往十週年。

他們正式復合，約好要有下一個十週年、二十週年，她已看清自己的心，這輩子只愛他一個，翌彥不敢許下承諾，只說希望等孩子大了，能跟妻子和平分手，光明正大地與她在一起。

不管他說的是謊言或是真心實意，她都無所謂，因為她已經覺悟了，只要她愛著他就好了。

她沒有他的妻子美麗幹練，雲泥之別，世人總膚淺地說，為什麼正宮這麼美，男人還會要還不如妻子的小三？這種話現在想來實在可笑，在珍貴的人生歲月裡，心靈的滿足永遠比皮相重要得多。

再美麗的皮囊、再聰穎的頭腦、再好的家世，不愛就是不愛。

責任什麼的就是道枷鎖，綁得人連呼吸都困難，一眨眼蹉跎掉寶貴的一生；他掙不開，沒關係，她沒有那道枷鎖，由她走向他就好。

月台播報著即將進站的列車，張望著尋找他的身影，驀地在人潮中見到了令她心虛的高中制服……她想起十六歲的自己。

當年，她跟蹤過父親的外遇數月，現已瞭解她所有的作為，或是嘗試與他人交往的掙扎；也曾在這個月台上，恨意滿身地瞪著那女人，想著一伸手將她推下月台，碾成碎片。

然後，一位俊美臉孔的男人阻止了她，告訴她四處都有監視器……只是後來，她利用男人的「提醒」，依然讓那個女人永遠消失了。

「冷靜下來，再過幾年妳會明白的。」男人的話語言猶在耳，現在想來格外諷刺。

「我現在做的事，不就跟當年那個小三一模一樣嗎？」回憶滿湧上，她不禁苦笑起來。

而現在，他女兒的年紀，也到了她當年對小三恨之入骨的年紀——

「小三就是賤貨。」

耳邊驀地傳來少女咬牙切齒的聲音，她尚未來得及反應，背後一股力道直接將她往前一推——軋！

「哇呀——有人掉下去了！」

鮮血染滿鐵軌，臉色慘白的少女被人潮不停地撞開，她一路退到了牆邊，顫抖著看著自己的雙手，她為什麼會在這裡？她剛剛不是還在教室裡嗎？

熟悉的身影突然從遠處的右方狂奔而至，少女嚇得轉身，匆匆從最近的出口離開月台……那是說要出差的父親，結果是跟那個一直跟別人交往的賤貨在一起！

她真的不知道自己為什麼會在這裡！女孩粉拳緊握，恐懼心慌地狂奔離去。

混亂的月台上，一位俊美的男人朝對面鐵軌瞥了眼，肢體噴飛四散，看來班次要誤點一陣子了。

「可以了嗎？」他笑著，回頭看著坐在月台邊的女人。

那是位眉心穿過一根鐵條的女人，胸口塌陷，下半身在當初的車禍中被夾爛，就剩臀部以上勉強完整，幽幽地望著鐵軌上的碎屍，冷冷一笑，『小三都是賤貨，對吧？』

做鬼，也不會放過妳……

『妍美！聽見了嗎？』『哈囉！我上線了，看得見我嗎？』

『我看見了，我是小精靈！』『狐狸報到！』『彗星也上站囉！』

螢幕裡顯現著分割鏡頭，每一格裡都是精心裝扮的女孩們，全身都穿戴著誇張的頭飾，放大片與假睫毛製造出明眸大眼，蘋果光打上，濾鏡美顏再打開，每個人一秒升級絕世天仙。

羽夢正用指尖沾起一個亮片往眼尾輕點，她面前的鏡頭還沒開啟，再抹刷上亮粉，今天盛宴由她主辦，集合該直播站台上的前十名網紅聯合直播！主題環繞著生活，由她擬定的問題事先已發給所有網紅了，不乏是興趣、最近做的事，或是近期打算去哪裡玩、未來新企劃等等。

不過，這都不是羽夢的真正目的。

她終於面對鏡頭，先打開燈光與濾鏡、美顏，確定沒有問題後，再連上網路。

「羽夢上線！」她查看著進入聊天群組的人們，「大家都上來了嗎？還有誰沒到？」

『天籟還沒喔！』小精靈調整著她的可愛髮圈，眼睛大到誇張。

「請大家注意，業配的部分各自掌握，但今天我們共同要協助露出的是口紅喔！有確定自己都是擦廠商的顏色嗎？」羽夢不忘交代，這次的活動不小，贊助商也多，該盡的責任還是要盡。

『沒問題！』每位網紅已就位，還有人刻意不上口紅，準備等等直播時再來補上五下五的空格，就差一位天籟了，她是唯一不露臉的網紅，皮膚白皙，有對豐滿渾圓的胸部，以溫柔的聲線還有宛如天籟的歌聲聞名，平時陪粉絲聊天；安慰他們、唸封情書或是詩詞，就能迷倒眾生，還是她們平台的第一名直播主。

羽夢並不情願，她們每個人就算再無腦至少也有美貌，就算多少有濾鏡的功勞，但想企劃、想節目也是費盡苦心，誰不是拚命地維持直播的流量，讓自己能穩居前十名不墜。

原本大家都很團結，彼此也相互支援過，但是在一個意外中，她知道了天籟的「真面目」。

直白地說，根本是個肥婆大嬸！

她簡直不敢相信，論流量、論粉絲數、論斗內，天籟都是一等一的強，但是她什麼企劃都不必想，一本泰戈爾詩集可以一天兩篇地唸，或唸唸讀者投稿，更多時候唱幾首歌就好了。

到底憑什麼啊？要能在直播界混，一定的顏值或才華要有吧？就憑那副嗓子跟大胸？拜託，破百的死胖子胸部再怎樣也不可能小啊！

所以今天，表面上是前十名的網紅聯合直播，而她實際上的打算是：失去濾鏡的天籟真面目揭露！

軟體匿名購入，買來的特別軟體可以刪除掉所有濾鏡與特效，天籟總是用一張圖蓋住了自己的臉，一旦失去特效，再看看她能怎麼穩坐第一名的寶座。

到那時，聲音再美也沒幾個人會買單，她該明白社會的現實。

雖然她是針對天籟，但也怕不小心引起連鎖反應，萬一所有人的濾鏡美肌都刪除就麻煩了！所以她事前有暗示大家一定要精心打扮，用其他網紅的失誤當警惕，萬一突然失效怎麼辦？

再者，前十名的網紅都沒有差太大的，最多就是膚況罷了，只要妝化得完整就沒問題。

跟那肥豬可不一樣！

『哈囉哈囉，抱歉，我上來了。』甜美的聲音一上來就道歉，無法否認的，天籟的音質真的是好。

「沒關係，時間還來得及。」羽夢大度地說，「倒數三分鐘，大家各就各位，所有干擾都要屏除喔！」

看著螢幕裡那個已出動圖片遮住的天籟，羽夢揚起了邪惡的笑容，她，即將給那女人一個沒有濾鏡的人生。

「哈囉，大家好！歡迎大家參加十大直播！」羽夢燦爛地向鏡頭招了招手！

接著所有的直播主一一輪流打招呼，粉絲回應急速增加，天籟也用那迷人的聲音，直接清唱了一小段，斗內瞬間進帳！

羽夢開始主持，廠商的露出一定要擺在前面，所以由妍美邊聊邊畫口紅，大家討論著今天擦的顏色是什麼，所有網紅都是合購呢，雪女厲害地直接問粉絲她擦什麼顏色好看？狐狸那款？還是羽夢那個？

總之大家非常自然地互動，不露臉的天籟從不接保養與彩妝的贊助，但她依然可以幫忙大家看適合的顏色，參與討論。

羽夢一邊聊天，一邊點開了特殊程式，程式跑出了這個直播平台裡所有正在直播的網紅，只要一個鍵，她就可以刪掉天籟所有的特效。

遠端的監看電腦中，出現了警示，表示有人植入外部程式病毒。

負責的員工緊張地趕緊準備防堵，查看程式後一聲噗哧……她笑了起來，確立了防火牆不會被影響後，決定不干預這個有趣的程式。

『我最近啊去看了兩場電影，而且是一天內看兩場，其實這是有點累的。』天籟嘆了口氣，『原以為坐著看電影是享受，但是坐太久還是好疲憊。』

噠噠，滑鼠雙擊，羽夢比誰都專注地凝視著天籟的螢幕。

眨眼間，遮住天籟臉部的圖片消失了，所有的修圖、白顏、瘦身的特效盡數消失，只剩下貨真價實的天籟：果然是一個足以當所有網紅媽媽的肥大嬸！

『天籟！』狐狸趕緊出聲暗示，『妳的……鏡頭怎麼這樣？』

「怎麼了嗎？」天籟不解地看著自己，她的鏡頭裡仍舊顯示那白淨肌膚的遮臉照。

『天籟妳先關掉！』妍美緊張地喊著，『下線！』

小精靈立刻私訊：天籟下線！快點下線！

每個直播主都錯愕了，但仍舊維持專業地笑著，彗星甚至趕緊跟小精靈聊天試圖扯開話題，不讓大家注意到天籟的異狀。

但始終來不及！天籟看見所有的粉絲瘋狂的留言：「醜八怪！我的天哪！天籟長這樣？」「這是詐騙吧？肥成這樣就算了，妳幾歲啊？」「什麼天籟？這是神豬吧？」

天籟嚇得斷線，驚恐地坐在鏡頭前，腦袋一片空白，「啊啊啊啊——」

外頭傳來緊張的腳步聲，不停敲著門，「妳怎麼了？發生什麼事了！」

「老公！」天籟衝向門口，哭著衝進丈夫懷裡，「我曝光了！我的真面目曝光了！」

天籟幾乎腿軟地哭倒在丈夫懷裡，現實生活的她，素著一張臉，頭髮隨意亂紮，身上是性感的低胸小可愛，只穿著一條寬鬆睡褲，崩潰地嚎啕大哭！

一雙子女跟著衝上樓，兒子蒼白著臉，到口的話給吞了回去，手中緊掐著的手機裡，顯示的是母親剛剛的截圖。

所有不堪的辱罵字眼在網路上漫天飛舞，所謂的第一美聲網紅，就這麼跌落了舞台。

＊＊＊

羽夢蹺著腳喝著黑糖珍珠鮮奶，盯著螢幕露出一抹得意的笑，現在的她穩居第一名，遙遙領先第二的小精靈，那幾個人都因為神豬天籟事件大受打擊，不是減少直播，就是暫時休息，還在直播的也完全不敢怠慢，絕對精心打扮自己。

羽夢才不怕，她天生麗質，會開點磨皮濾鏡，但從不開瘦臉瘦身，因為她本來就擁有極好的身材與年輕美麗的容顏……機運對的話，她覺得她可以當明星，她是不必濾鏡的人好嗎？所以她怎麼接受像天籟那種油滋滋的大嬸贏在她前面！

網紅直播主，露臉露身材是天經地義的！維持姣好外貌是職業道德！

看著訊息傳來，是狐狸。『天籟開直播了！好可怕！』

咦？羽夢愣住了，居然還有臉開直播？那件事後天籟粉絲退訂九成，還有人要求她返還斗內作為精神賠償費用，她的照片被截圖後散布出去，登上新聞媒體，第一網紅原來是個五十歲的大嬸，網友們戲稱為神豬。

沉寂一個月，羽夢以為她在等風頭過淡出，結果居然還敢開直播。

她即刻點開，卻被螢幕裡的那個人嚇了一跳！

瘦，天籟瘦了！她瘦到兩頰凹陷，眼窩帶著烏青，髮絲不健康地粗糙，坐在桌前連燈光也不打，面色飢黃，狀況看起來非常非常糟。

『我瘦下來也是很好看的，是吧？』天籟憔悴地望著鏡頭，『你們這些人……網路上說話不必負責的，卻不知道文字如利刃，每個人一刀刀地凌遲我！神豬是嗎？肥婿是吧？你們不是說過天籟靠的是聲音嗎？』

下方的留言出現了兩派，有人繼續地嘲諷辱罵，有人表示支持，有人請她不要再出來嚇人。

豬再瘦還是豬。

看著那些刺眼的話語，羽夢突然也覺得不舒服。

『我這一個月只喝水，看，我還是能瘦的！你們這些人我超恨，但不如某一個人——』天籟驀地逼近鏡頭，用滿是血絲的眼球瞪著，『濾鏡不會無緣無故刪除，是有人害我的！』

喝！羽夢嚇得後退，因為現在的天籟……好像正在看著她！

想太多，她正在直播，那樣瞪著鏡頭，每個看直播的人都會覺得被她注視著……

羽夢卻不敢看她地別開視線，不要心虛啊！

根本沒有人知道她做了什麼，在網紅中她也盡責地扮演安慰的角色，也沒有人知道她對於天籟的外型有意見，購買程式也是匿名，根本不會有人知道。

『誰不是開美顏？誰不是用濾鏡？為什麼不針對那些美肌開到超過的人？要針對我這個從頭到尾就不曾想露臉的人！』天籟歇斯底里地咆哮，『我靠的是聲音！這樣對我有什麼好處！憑什麼啊啊啊！』

下一秒，天籟突然抓起了一把刀子，所有觀眾莫不倒抽了一口氣。

『我會找到你，你等著，我做鬼都不會放過你——』天籟對著鏡頭怒吼，下一秒當著幾萬個觀賞者的面前，一刀割開了自己的頸子！

「哇呀——」

羽夢驚恐地看著鮮血亂噴，頸動脈失血真的是泉湧而出，噗嘩噗嘩地噴得到處都是，瞬間染紅了鏡頭。

天籟就在幾萬雙眼睛的注視下，笑著跪倒在地。

背景是外頭撞門的聲音，直到斷氣前，天籟雙眼狠狠地凝視著鏡頭，舉起虛弱的手指向所有觀賞者，那抹獰笑笑進了羽夢心底。

我做鬼都不會放過你。

＊＊＊

「恭喜！」

美麗的咖啡廳角落，一群女孩高舉著飲料，一同為妍美慶祝。

妍美今天淡妝素淨，隨手紮個馬尾還戴眼鏡，紅著臉朝大家道謝；事實上一桌女孩都相當青春，沒有平日的濃妝豔抹，甚至有人素顏前來，卻覺得異常輕鬆。

「平台第一名耶，妳超努力的！」狐狸由衷地說著，「妳最近做那些回顧我都快哭死了！」

妍美看著狐狸，沒兩秒鼻子酸楚湧上，眼淚迅速積累，嗚咽一聲又哭了起來！小精靈趕緊坐到她身旁，「沒事沒事，別哭了！」

她抬頭朝網美們擠眉弄眼，氣氛維持歡樂啊，盡量不要讓妍美又想起天籟的事。

在這之前大家的感情一向都很好，只是大家不知道，原來妍美早就知道天籟的真面目：因為她的閨蜜就是天籟的女兒，天籟會走上直播這條路，還是她鼓吹的！

這是她與天籟間的秘密，從未對外人道出，當天籟自殺時，她整個人都傻了，接著認為是自己害死天籟，若不是她鼓勵天籟開一個以嗓音為主的直播台，也不會害得她走上絕路。

所以天籟死後，她去閨蜜家道歉再道歉，其實沒有人怪她，雖說天籟走上絕路讓親人們措手不及，但大家都肯定天籟成為網紅後的改變，媽媽有舞台變得更年輕漂亮，與孩子也有話題，親子與家庭關係變得更好，要怪就怪那個把濾鏡刪掉的人。

妍美做了一個月的悼念天籟特輯，也說出她與天籟早就認識的過程，邀請她家人上來說說母親變網紅後的變化；最後，妍美也不忘批評那些鍵盤酸民是殺人兇手，更該死的是那個毀掉天籟的藏鏡人。

「說真的，事發兩個多月了，平台都說查不出誰刪掉天籟濾鏡的，妳們相信嗎？」

所有網紅都不信，彗星用力搖了搖頭。

「害得我現在都神經緊張，鏡頭沒事都蓋著，沒確定前完全不敢開直播。」彗星撫著臉龐，「一直濃妝，皮膚越來越差。」

「所以我今天寧願素顏，只擦防曬，這陣子真的太折磨人。」狐狸唸著，「依照守門員這種態度，我們以後自己也要當心，照理說有人植入那種病毒程式，應該都會發現。」

「但他們根本不想管，這樣找不到始作俑者。」小精靈忿忿地說，「雖然自殺是天籟的選擇，但是……那個惡質的人還是逃不了干係！」

網紅們再義憤填膺，也無法知道到底是誰單方面刪除了天籟的特效。

「話說回來——」妍美抹著淚水，「羽夢還是沒來？」

「她可能也被嚇到了吧？天籟自殺那段直播真的很可怕，那天之後她就很少直播。」白骨嘆了口氣，「找她也都不太搭理。」

「她會不會出事呢？」

一旁的圓桌邊，俊美男人優雅地喝著咖啡，他的對面空著一個位子，上頭卻擺著一杯奶茶，還有三塊蛋糕，檸檬塔、巧克力慕斯以及重乳酪蛋糕。

突然，一桌女孩的手機突然傳來一樣的聲響：叮！

羽夢開直播了！

＊＊＊

女孩痛苦地站在鏡子前，她都要認不出鏡子裡的人是誰了，鏡子裡映著一個肥到可怕的身影，短短一個月內，她胖了六十公斤，就算她不吃不喝，隔天都還是會增長，昨晚就喝了一杯水，今天多了兩公斤！

她不敢去看醫生，這肥大身軀連起床都有困難，要怎麼出門！

「為什麼……為什麼！」她對著鏡子裡的自己尖叫，這是天籟的詛咒嗎？

這一個月來她天天心慌，總覺得天籟知道是她，不然為什麼她會變成這個樣子？親友們擔心得要死她也避不見面，這種模樣要怎麼見人？

她已經到了連出門都做不到的地步了，某一天，她會不會被鄰居叫救護車送去醫院，擔架可能還會從中間斷掉……

啪，身後的直播燈突然亮起，羽夢驚恐地回身，發現她的電腦自動開機，嚇得連連後退，幾乎躲到了死角。

「不不！不要這樣——」她不能出現在鏡頭前！不能！

吃力爬到角落，蜷縮起身體都有障礙，但這個角度絕對不會被鏡頭拍到……為什麼她的電腦會自動開啟？羽夢這才意識到詭異之態，埋在肥手臂間的頭，悄悄地往外瞄。

一雙青白色的腳，果然站在她面前。

「啊啊啊，我不是故意的！我只是想讓妳跌落神壇而已！」羽夢頭也不敢抬地尖叫著，「我不知道會這麼嚴重，我沒想到妳會自殺！」

『騙子。』即使聲音是鬼魅般的陰森，那聲音依然好聽得很，『妳本來就故意要毀掉我的。』

「我沒有我沒有！」羽夢依舊辯解，「我只是覺得妳憑什麼不露臉卻拿第一，憑什麼有這麼多斗內跟粉絲數，而且妳、妳——」

妳是一個五十幾歲的大嬸啊，做我媽媽都足夠的年紀好嗎！這句話羽夢不敢喊出來，卻的的確確是她的心聲。

『道歉。』天籟緩緩地轉身，走到了床邊，悠哉地坐下，『用直播自白妳做的一切。』

「不可以！我不能——」羽夢驚恐放下手，那瞬間卻愣住了。

這哪是天籟？那是個婀娜身段的女人，頸子上的裂口依舊怵目驚心，蒼白如紙的臉色在在顯示她不是人，但那聲音與容貌，是天籟沒錯。

「為什麼……」她瞬間領悟，「妳把妳的體重過到我身上嗎？」

『我現在三十九。』天籟嘲諷地笑著，『妳身上還能再裝多少？』

『破百的神豬肥婆還有臉當網紅直播主……』這句話是她親自用匿名帳號打的，天籟的一百零二公斤，一點一滴地灌到她身上嗎？

不不不不——「妳已經死了，妳要瘦身做什麼，讓我恢復成原來的樣子！」

天籟死白的手倏地指向鏡頭：公開道歉。

凌厲的眼神瞪著她，天籟沒有猙獰沒有腐爛恐怖的面容，她就只是用那冰冷帶恨的眼神看著她，要她公開直播自白；她會臭名遠播、所有人還會看到她現在這副肥豬的模樣！

「我不要！不……求妳放過我！」羽夢無力地跪下來求她，「我可以燒很多紙錢給妳、我幫妳做法事，我求求妳不要這樣對我。」

『妳身體快撐不住了，生或死，是妳現在唯一的選擇。』天籟的手，沒有放下過。

生或死。她寧願要隱藏一切真相地等死，還是要把自己最醜惡的一面呈現出來給所有人看？羽夢痛苦地閉眼，淚水自落，就算她想保有最美的瞬間，但一旦她死了，抬出去時世人依舊會知道她這噁心的身軀。

她掙扎著爬到了鏡頭前，用顫抖的手打開了鏡頭，天籟自然不允許她用濾鏡，鏡頭裡映著她過去看了就會想吐的臉，卻拍不到就在她身後盯著她的天籟。

連線，羽夢激動地哭了起來，『對不起！』

這是羽夢當直播主以來，流量最高、人數最多，甚至創了該平台開台以來最高紀錄的一次直播——即使都是謾罵！那天在咖啡廳裡聚會的網紅們全部傻在當場，沒有人有辦法開口說話。

妍美痛哭失聲，沒人想到竟會是羽夢做的！那天的聯合直播，居然一開始就是個局！

「我要去天籟家！」妍美跳起身，匆匆收了東西，「我們去跟天籟說這件事！」

水落石出，她要在靈前播放這段直播給天籟看！所有網紅即刻結帳，要去大家一起去；服務生送來帳單時，卻遞上了一只精美的鵝黃色盒子。

「我們沒有外帶啊！」小精靈錯愕地問。

「這是有位男士指定要給一位妍美小姐的。」服務人員只是轉達，「他說妳會知道為什麼。」

唉呀，被認出來了嗎？女孩們有點緊張，妍美謹慎地打開紙盒，想看裡面是什麼……三塊打包的甜點——是天籟最愛吃的東西。

＊＊＊

天籟實現了承諾，在羽夢公開直播承認所作所為後，就讓她瘦，肥肉與脂肪不再堆積，她以急速的方式瘦下來！但羽夢依然不再出現在直播上，帳號也被停權，她已決定等風聲過去，換個名字又是一條好漢。

但是，她還在瘦。

回到了原本體重後，她繼續瘦下去，不管吃多少東西，高熱量的起司或巧克力拚了命地吞，體重還是急速下降。

妍美正在聊天，系統卻傳來通知，淡淡瞥了眼卻突然錯愕——羽夢開了直播？她不是被停權了嗎？帳號怎麼恢復的？

螢幕跳進直播現場，妍美當場倒抽一口氣——「羽夢？」

一個瘦骨嶙峋……不，這個形容詞都還不足形容那個跪坐在滿地垃圾與食物中的女人，她只剩下皮包著骨頭，身上那件低胸小可愛鬆垮到快到肚臍，全身上下每一根血管與骨頭都清晰可見。

毫無形象的女人抓著奶油塊一口一口地啃，同時又灌入大量的可樂，吞嚥的姿態都能透過那薄如紙的皮瞧見令人發毛的起伏。

『我道歉了，妳到底什麼時候才要放過我！』羽夢瘋狂且語焉不詳的，『拜託大家幫我求求她，放過我吧！』

「天哪！太瘦了吧！她家人沒帶她就醫嗎？」「好噁心，這女人是羽夢？她半個月前才跟豬一樣耶？」「拜託心醜人醜的人不要現身好嗎？我會把午餐都吐出來！」

妍美圓睜雙眼，她不敢置信看著螢幕的左邊角落，坐著某個模模糊糊、有著壯碩手臂的人影……一旁擺放熟悉的咖啡店鵝黃色紙盒？妍美背脊發涼，看著那隻手從敞開的盒子裡拿出了檸檬塔！

天籟從沒有離開過羽夢，回復圓潤但已青紫的身體的她，頸間依然留有綻開的傷口，她看著坐在冰箱前的她，冷冷地笑著，品嘗她的檸檬塔。

做鬼，也不會放過妳。

真相（上）

這件事在網路上引起話題，人人都道，是天籟的復仇……

秋風蕭瑟，一反近日的炎熱，今晨氣溫突然驟降，像是也感染了些許悲傷。

莊嚴的靈堂裡放著佛號，擁有百萬粉絲的直播主葬禮卻門可羅雀，連平日裡要好的網紅們都沒來，大家都是明哲保身吧？

妍美靜靜地坐在椅子上，看著靈堂前那張巧笑倩兮的照片，照片裡的羽夢如此美麗，誰也想不到她的死狀如此淒慘。

家屬步出，司儀請親友瞻仰儀容，妍美起身還是進去了。

她完全認不得躺在棺木裡的人是誰，她知道大體師已經盡力了，但就算化妝術的絕世高手，也很難將一具骷髏畫得美若天仙。

羽夢曾是直播台的知名直播主，天生麗質，以美貌居於直播主前十名，歷久不衰；但之前卻鬼迷了心竅，因為她發現第一名的「天籟」真面目，不是什麼美麗女孩，而是一個有年紀的發福大媽，但是天籟本人是靠嗓音出名，從不是以外貌為號召。

但羽夢不甘，她不能接受唱首歌、說說話名次就能在她前面，所以在直播站裡灌了病毒，取消天籟的遮臉馬賽克與特效，讓她實際樣貌在直播時曝光，所有粉絲發現她的真面目竟是酸民俗稱的臃腫大媽，一連串打擊與羞辱讓天籟在直播中，當著幾萬名觀賞者的面前割開咽喉而亡。

想到天籟，妍美就會悲從中來，因為天籟會走上直播是她一手促成的，天籟是好友的媽媽，那迷人的嗓音不顯於世未免浪費，所以她鼓勵天籟成為直播主，結果卻間接害死了她。

當大家悲傷時，卻沒想到羽夢開直播自首道歉，公開承認是她放病毒刪除天籟的特效，當時大家對真相意外，也對於才一個月就臃腫到驚人的羽夢感到吃驚；羽夢自白後遭到撻伐被迫關站，事情卻也未曾落幕。

從勻稱到極胖，自白後羽夢開始變瘦，越來越瘦，直到現在這副皮包裹著骨頭的姿態；她死前最後的直播極其狼狽，發狂地吃著高熱量食物，當天晚上她被發現死在垃圾堆裡，死在自己的排泄物中，身邊都是大量高熱量食物的垃圾袋，但死亡時體重只有二十七公斤。

她是餓死的。

這件事在網路上引起話題，人人都道，是天籟的復仇。

其實這些都無所謂了，妍美拈香，朝著羽夢三拜，爭得再多，撒手後不過都是一場空。

她在意的，是直播台忽略病毒置放的瑕疵、是羽夢被關台後為什麼又能直播？

「照理說，就算羽夢拿到病毒，她要洗掉天籟的遮臉特效，站台一定會知道！」妍美沉著聲，「就算站務沒發現，資安局的守門員也應該會發現。」

「國家不會理這麼多事吧？」小狐狸沒去葬禮，但卻來了之後的聚會，她們不屑參加羽夢的葬禮。

「可是我們現在科技這麼先進，視鏡普及後，資料安全局就成立了啊，管控所有資訊病毒不是嗎？」彗星贊同妍美，「先不管層級，基本上在直播平台中置放病毒，那種病毒本身也不強，光站台的防火牆會守不住？沒有一個單位發現？」

「這就是我在意的。」妍美端起咖啡，「還有羽夢明明被關站，為什麼又能開直播？」

羽夢最後的直播慘不忍睹，她只記得不停地對著鏡頭說：『我道歉了，妳到底什麼時候才要放過我！』

她在對誰說話？天籟嗎？思及此，妍美不禁垂下雙眸。

「我們寫信問了站方，站方都給官方制式信而已，說什麼感謝您的意見，我們會調查之類的！」小精靈嘟起嘴，「我覺得這件事會不了了之。」

「我不想讓它不了了之。」妍美放下杯子，眼神堅定，「正是因為資訊如此發達，管理者就該更仔細才對。」

她覺得可怕的是，彗星說得有理，那種病毒怎麼可能越過防火牆，但如果是有人惡意解除防火牆的阻擋呢——那天籟或是羽夢事件，都成為某個人看戲的劇碼啊！

多噁心，又多令人髮指啊！

妍美暗暗下定決心，她一定要找到那個人！

＊＊＊

從架上拿下書籍翻閱時，妍美就覺得不對勁了，她回頭朝旁看去，有個男人正打量著她，眼神猥褻卻毫不避諱；她拉低帽子，今日淡妝素抹，還有眼鏡遮飾，應該認不出來她是直播主啊。

匆匆地再拿個沙拉結帳，連櫃檯都興奮得雙眼晶亮，瞅著她傻笑。

「妳是妍美吧？」櫃檯小弟傻乎乎地說著。

妍美低垂著頭，淡淡笑了笑，「好眼力。」

「哎唷，妳在那裡一目瞭然啊！」男孩拿著手機，「妳不是在直播主日常大進擊嗎？」

什麼？妍美愕然抬頭，她怎麼不知道這個活動！

緊張地湊上前瞧，有個網頁裡正顯示她的背影，她就站在便利商店的櫃檯前，也正看著手機，這是現在式的影像！

回頭一瞧，是那猥褻男人的視線，他有視鏡？

科技進步的速度令人咋舌，人人都能在眼球裡安裝「視鏡」，讓眼睛變成鏡頭，記錄一切所看所聞，但可以存取所有看見的事物，還能如同電腦般進行提取、移動或是刪除。

「我沒參加這個活動，我根本不知道這個東西！」妍美抓了東西便往包包裡塞，逃也似地衝出店外。

一衝出去，卻見外頭幾雙眼睛瞧著她，指指點點外加竊竊私語，這讓妍美恐懼心慌，她死命低垂著頭拿出手機察看，訊息來自於其他慌張的直播主，一直問她知不知道自己的網頁？

點開小狐狸給的連結：「妍美的日常大進擊」。

她的日常？妍美點入一看，當下倒抽一口氣，裡頭是她各式各樣的照片——在家換衣服、穿著清涼在家裡閒晃、打電動，甚至換衣服的照片都被放上去了！

這角度是……妍美震驚地停下腳步，這是她自己的電腦嗎？甚至還有在床上滑手機的近照，所以是透過手機的鏡頭拍下的？

她不可思議地往下滑，出現更多不堪入目的照片，例如她裸露著在自家的模樣，她跟男友的親密照，即使打上了極薄的馬賽克，但還是顯而易見，這些東西就公開在網頁上！

「我不知道！這不是我做的！」妍美正跟小狐狸通話，「這是偷拍，誰會把自己這些照片曝光，搏版面也不是這樣的好嗎？」

『妳現在是不是在一個便利商店外面？』小狐狸都快哭了，『妳看旁邊有現在行蹤！』

現在行蹤？網頁右列果然有個選項，妍美顫抖地點進去，鏡頭裡是一個縮著身子的女孩，正站在廊下、機車邊，手拿著手機、耳邊戴著耳機，就是現在的位置──喝！

妍美猛然往左上後方瞧去，柱子上是店家的監視攝影機！

她被監視了！每個裝有視鏡的人外，路上所有監視器，都能捕捉到她的身影，她根本無從藏匿！

「嘿，小妍美！」後方突然傳來聲音，妍美嚇得回身。

是剛剛店裡那個男人！

「妳素顏更正耶！要不要陪我吃個飯？」男人大方地朝她逼進，「我平時也斗內妳不少錢耶！」

妍美二話不說切斷電話，扭頭就走！

這到底是怎麼回事？所有人打開網頁就能知道她的行蹤，然後就有機會遇到瘋狂或是變態的粉絲，意圖不軌！

她恐慌地抬頭看著路上所有監視器，看著路人投來的眼神與詭異的笑容，這種環境下她能躲去哪裡？她簡直是被世界監視著啊！

「喂，妳跑什麼啊，我斗內妳多少知道嗎？打一炮都行了好嗎？」男人不爽地在後面嚷嚷，甚至加快腳步地朝她追上。

路人都只是看著、笑著，還有人用鄙夷的眼神打量，卻沒有一個人伸出援手。

「大概什麼企劃吧？」她彷彿看見路人這樣訕笑著。

妍美開始邁開腳步奔跑，但男人也是，她滿腦子想著是該怎麼逃到沒有監視器的地方？沒有人的地方……到底是誰！遠端打開她的電腦鏡頭、操控她的手機、可以這樣利用街上所有監視器追蹤她，甚至是得到每個裝有視鏡的人的影像——資安局？

好不容易衝進一條窄小的防火巷，妍美連回頭都來不及，肩頭被大掌抓住，逮個正著。

「賤貨，妳跑什麼啊！」

男人粗暴地將她朝牆上甩去，妍美的背撞擊磚牆，疼得一口氣上不來！

防火巷裡荒僻無人，她嚇得瑟瑟發抖，緊揪著外套，今日身著短褲，下頭一雙白皙美腿，是遮也遮掩不了的。

「妳看看妳用什麼態度對待金主的！」男人盯著她的大腿，眼神透露出了野獸的欲望，「既然把那種照片放上來，就代表什麼都可以賣對吧！」

「不是！我是被偷拍的，我根本不知道有那個活動！」妍美拚命搖頭，拿起手機就要報警。

男人一見到她拿起手機，一步上前狠狠打掉，再不客氣地揮上一巴掌！

啪，熱辣的巴掌打在臉上，妍美瞬間都懵了，她的嘴內甚至被打破，嚐到了血腥味，淚水直接迸了出來！

「請你不要這樣，我真的是被陷害的，就像……就像羽夢跟天籟的事件一樣！」她搬出哀兵政策，「你知道你現在亂來，都是違法的……」

男人哪聽得進去，他腦海裡就是網站上打著薄碼的胴體，那渾圓的胸部，看似滑嫩的肌膚，還有現在活生生在眼前的美女，秀色可餐哪……

男人撲了上去！妍美在尖叫聲中閃躲，伏低身子轉身就逃，但連一步都沒踏出，立刻就被男人勾了頸子拖回，下一秒，銀亮的刀子在她眼前彈出，威脅警告的意味濃厚。

「我斗內了妳至少一萬元，可以做好幾次了！」男人粗暴地揉捏她的胸部，「給我脫掉！」

「不要——我又不是賣的！」妍美放聲大叫，開始死命掙扎，「放開我！救——」

男人一把摀住她的嘴，妍美使勁渾身解數地掙扎著，兩個人在巷子裡拉扯，踉蹌撞擊後妍美被甩上地，卻意外摸到一個空的玻璃酒瓶，足以防身！

男人的刀子不客氣地恫嚇揮舞，妍美也不甘示弱地敲破酒瓶與之對峙，扯開嗓子大聲呼救，但是……卻沒有人出手！不知道是沒有人聽到還是世人冷漠，她只能孤軍奮戰！

男人再度抓住了她的手，甚至打掉了她的酒瓶，跟著扯破她的外套與上衣，刀子甚至在她手上割出傷痕，妍美歇斯底里地反抗，扭打，使盡每一絲力氣！

然後，連她自己都不知道發生了什麼事，她摔到了男人身上。

誰絆著誰已經無從考證了，她只知道坐起身時，躺在地上的男人瞪大雙眼看著漆黑夜空，而他的胸口插著自己的刀。

「啊啊啊……」妍美抱著頭低吼，才發現自己雙手都是血！天哪！這是……妍美驚慌地爬下男人身上，一抬頭，卻見不遠處巷口站著的女孩。

巷口的女孩先是呆住，旋即發出驚天的尖叫：「呀——」

「不……不要走！」妍美跳了起來，「妳看見了對吧？不是我殺的，是他自己跌倒的！」

看著身上帶血的妍美朝自己衝來，女孩反而被嚇得花容失色，拔腿狂奔，「救命！」

「等等！妳有裝視鏡嗎？求求妳，妳可以幫我作證對吧！」

女孩聽見妍美的呼喚，她剛剛其實什麼都不記得，但是……對，她有視鏡，她可以調出檔案再定格放大，這樣就能知道剛剛的案發過程了！

但是現在有人在後面追著她，她都嚇得魂飛魄散了，大路上有人圍了過來，女孩挑了幾個壯漢往身後躲藏！

「救命！她殺人了！」女孩驚恐喊著，男人們立刻防範奔來的妍美！

「我沒有！那是意外，我需要她幫我作證！」妍美高舉雙手喊著，「誰幫我報警！」

妍美毫不反抗，請路人們報警，躲在路人背後的目擊者努力調閱腦子裡的資料；適才所見所聞，都將成為呈堂證供——不管剛剛是意外還是謀殺，都能在視鏡中得到完美的解答！

＊＊＊

「謀殺？」妍美簡直不敢相信親耳所聞，她殺人了？「我殺了那個男的？」

「嗯，是妳殺了他，不過這是過失殺人，不會太嚴重。」警方嚴肅地對著妍美說明。

「不！那是意外，而且是他自己跌倒的！」妍美簡直不敢相信，「我沒有殺人，從頭到尾刀子都是在他手上，我只是跌下去時不小心碰到的吧！不是有個目擊者嗎？她看見了啊！」

「是，我們已經調閱過視鏡了。」警方嘆口氣，將螢幕轉向，「妳自己看，視鏡拍得一清二楚。」

妍美緊張地湊前，雙手上銬的她無法握住螢幕，但警方也能從她的肢體動作感受到緊繃，螢幕裡是目擊者的視鏡截取片段：男人由後環抱住她，接著她左腳後勾踢、扭動身體，然後……男人仰躺，而她手裡握著插在他胸口的刀！

妍美一顫身子，心涼了半截。「不……不對！這畫面不對！被修過了！中間有一段呢？當時我被甩開……我抓著他的衣服，所以他才會失去重心跌倒的！」

那一段不見了，取而代之的是目擊者彷彿恐懼似的視線飄移，在她跌倒時卻看向天際？

角度太奇怪了，那種時候誰會移開視線？

「這是直接在警局裡提取的，怎麼會有被修過這種事？」警方不悅地抽回螢幕，「過失殺人就是過失殺人，妳在慌亂中或許不知道，但刀子就握在妳手上，上面也全是妳的指紋，視鏡拍得清清楚楚，就不要狡辯了！」

「我沒有！我握著刀子，是我起身時不小心碰到的！不是我插進去的！」妍美激動不已，「這真的有人修過，不覺得不連貫嗎？中間有一段消失了啊！」

「妳以為目擊者是誰？就是個高中生，這要多高的技術才能駭進視鏡中修改資料？」警方搖了搖頭，「還得駭進原始資料中心？別忘了，視鏡者的影像都是直接上傳資安局的！」

「等等律師會跟妳說，只要沒有逃亡嫌疑，交保後就可以出去。」另一名警察不耐地說著，若有所指地看著她，「我說句不中聽的，這不是妳自找的嗎？放那種照片在網路上勾引人，還希望不遇到變態？」

妍美兩眼發直地瞪著桌面，放那種照片？這就是在檢討被害者嗎？

事實上她今天就算放一千張裸照在網路上，也不代表有人可以侵犯她！

警察離開了偵訊室，她獨自頹然坐下，滿腦子嗡嗡作響……資安局，是啊，視鏡或是監視畫面都是直接上傳備份資料到資安局的，因此才能讓所有事件記錄清楚——如果那個人在資安局呢？

直播平台的網站自然也是歸他們管，他們握有最大的權限，而她早就深知這點，所以自從羽夢葬禮後，她便一直投訴資安局——將事件詳細列出，投訴該時段的值班人員，並要求給予交代！

她一直沒收到回應，但其實已經打草驚蛇了對吧！她身邊所有的3C用品都成為監控她的利器，拍下她的照片、錄下影片，四處在網路上散播，甚至是暴露她每一秒的行蹤。

那個人果然在資安局！

妍美在這瞬間領會，但也發現了自己過失殺人的罪名一旦被坐實……她一定會坐實的，因為對方掌控著所有的監視畫面啊！

枯瘦的指頭突然滑過眼前的桌面，妍美嚇得抬頭，看見削瘦的身子緩緩坐在她的對面。

羽夢穿著火化時的衣服，帶著兩行淚水地看著她，妍美瞠目結舌，喉頭緊窒地望著眼前這絕對不是人的朋友，一句話都說不出來。

羽夢哭著，哭得全身抽搐顫抖，哭得委屈悲傷，卻不停地搖頭，『放……放手……』

她聽得隱約的字句，了然於胸，羽夢是來告訴她，不要再執著於她們的事嗎？

妍美雙眼熠熠有光，緊握了雙拳，「絕不。」

（待續）

真相（下）

痕跡遮掩得再巧妙，遲早會露出尾巴……

堅持不一定會獲得成果，心存善念也不一定會有善報，這本是這個世界的現實，妍美並沒有存著太樂觀的希望，只是從小被這樣的正面洗腦教育，當受到打擊時還是會欲哭無淚。

父母將她保釋出來時，一家人不知道該說什麼、能說什麼，明明受到委屈被陷害的是自己，但在家人眼裡她卻是個不自愛又過失殺人的孩子。

爸爸幾度欲言又止，似乎想要責備她網路上的事情，妍美率先搶白表示那真的不是她做的，但話說一半，她卻恐懼地望著手邊的手機，想著這台手機現在是否正在錄下他們父女間的對話，或拍下所有的畫面、暴露她的行蹤？

她沒有隨父母回家，而是回到租屋處，因為她無法確保家裡的安全，父母的手機或電腦，有鏡頭就是監視；在回家路上，她狠心拔出了ＳＩＭ卡，折斷後扔進垃圾桶，連手機都不要了，就讓它遺留在捷運上。

回到家第一件事便是拔掉電腦的電線，收起平板，所有具有鏡頭的物品紛紛蓋上；再到倉庫去，挖出了塵封的傳統舊式電話，望著電話她卻失笑出聲，現在還有誰在用室內電話？她還是只能用室內電話撥打手機給朋友，然後問他們的室內電話號碼，但至少、至少暫時不會被竊聽吧？

妍美身為直播主卻過失殺人的新聞沸沸揚揚，但有一半的網友是反過來酸她活該，誰教她要在網路上公布自己的生活；小狐狸等其他直播主站在朋友這邊，代為反擊的結果，卻是開始被檢舉站台、登出權限，接二連三地被關站！

申請拿回權限帳號比登天還難，這是直播主的生計，這讓妍美愧疚萬分，覺得自己拖累了朋友，所以此後索性暫時與大家斷開聯絡，也請大家不要再提起她的事。

而當她們不再提起天籟、羽夢或是她的事時，每個人的帳號就恢復了。

妍美看似消失沉寂，但事實上她將生活回歸現代人所謂的「原始」，她改成書寫信件投訴，從天籟事件到羽夢，然後是自己的過失殺人，絕對有人從中作梗、修改了畫面，她請願要資安局徹查，這是他們的漏洞，多離譜的人為漏洞啊——修改視鏡怎麼可以！

「謝謝！」拎過便當，戴著口罩的姸美向店家道謝。

帽T的帽子遮住臉，口罩加墨鏡，姸美把自己全部遮個透徹，她彷彿做了什麼傷天害理的事，必須得這樣遮遮掩掩地過活。

事發第五十二天，姸美依舊不時恐慌地瞄著路上所有的監視器，那些都是眼睛，無以計數的眼睛都在監視著她！

之前曝光她行蹤的網站在她過失殺人後便迅速關閉，但有些免洗帳號卻獲得她男友或朋友手機中的照片，修改後上傳到網路辱罵她，製造各種不堪的流言。

這些她都不在意，因為她的目標是那個在背後扮演上帝的人。

曝光她行蹤的網站由警方追查，結果來源竟是她自己架的站！她聽到時沒有震驚或意外，那個人既然能夠竄改視鏡畫面、盜取她的資料，利用她的IP架站那又何難之有？

這又成為一則新聞，她成為一個綠茶婊，自己架站暴露行蹤、吸引變態還假裝無辜，最後落得被跟蹤猥褻、過失殺人，還有臉轉頭喊冤說是別人架站陷害，一切不過都是自導自演，為了吸引別人的注意。

「姸美」直播主在網路上被定位成想紅想瘋了的精神失常女人。

她已經寵辱不驚了，路過郵筒時她從懷中拿出信件投入，每天一封信，一共寄給十個單位，連新聞媒體都沒放過，她就要一個真相！

褢成這樣不會有人留意，但她現在已是草木皆兵，總是不時地回頭張望，不希望再被人跟蹤；回到公寓連電梯都不敢坐，就怕在電梯裡遇到意外掙脫不了，七樓就當作鍛鍊身體，一路爬上樓。

拿出鑰匙開門，她不知道這樣的日子還要過多久？

才開門，一張紙片從門縫裡飄落，她狐疑地拾起，是一張單薄的名片，上面只寫著：「妳願意付出多少代價？」

這是什麼？妍美疑惑地將名片翻到後面，只有一個「皇」字。

沒有電話，沒有任何資訊的名片反而令她起疑，她將名片先放進外套口袋裡，打開鐵門進入家中，再反手關上。

鐵門就要關起，就在千鈞一髮之際，樓上突然衝下幾個男人，一伸手擋住了即將要關閉的鐵門！

咦？妍美驚嚇回首，下一秒鐵門被拉開，衝進了三、五個男人，嚇得她措手不及！

「做什麼！」她失控地大叫著，但男人們迅速地鑽進她家，還順道關妥了門！

她踉蹌後退，腦子裡一片混亂，眼前數名男人的眼神裡都透露著令人發寒的欲望。

「小妍美，我來了！」男人們笑了起來，搖著手上的手機，「沒想到妳口味這麼重！」

「對啊，居然找了這麼多人！」另一個人直接開始脫衣服了。「只有我們幾個人吧？我怕太多妳受不了！」

「在說……你們在說什麼！」妍美驚恐地後退，「你們為什麼會知道我住這裡！」

男人們相視而笑，彷彿她在說一個笑話，「妳說的啊！妳傳照片給我們，說只要斗內妳兩萬塊，做什麼都行──地址時間寫得清清楚楚。」

「我還買了說好的內衣喔！」另一個人把提袋裡的性感內衣拿出來，「穿上吧！」

不不不！那不是她傳的！妍美打從心底發寒，有人冒用她的帳號，跟這些人達成了交易！

她轉身衝向室內電話，她要報警！她不能就這樣──才拿起話筒的妍美，頭髮被粗暴向後一扯，立刻被拖離電話邊，被強壓上地板！

「不──你搞錯了！那不是我，是有人冒用我的帳號！」她歇斯底里地尖叫著，但不可能有人聽得進去。

他們今天就是來赴約的，可以對可愛的妍美做什麼都行的放縱之夜！

男人們七手八腳地撕扯她的衣服，她完全無招架之力，哭喊得再淒厲，掙扎得再奮力也只能任人蹂躪，她血紅的雙眼看著天花板，到底為什麼事情會變成這樣！

羽夢呢？她不是曾出現過嗎？

「羽夢……」妍美痛苦地喊著：「羽夢！救我！」

「什麼羽夢？那個賤貨不是死了嗎？」男人得意地吻著她的臉頰，「小妍美最棒了！」

「拍個照吧，難得能跟小妍美做這麼棒的事……怎麼這麼暗？開個燈！」

某個離燈近的男人裸著身走向電燈開關，說得也是，妍美家裡未免太昏暗，他扳動開關，卻發現怎麼扳燈都不亮。

『我在……』

虛弱的聲音突然傳來，壓在妍美身上的男人陡然一顫，緩緩抬頭……看見一個瘦骨嶙峋的女人就蹲在妍美旁，用一雙發白且凸出的雙眼望著他們。

「哇啊啊啊——」男人們嚇得跳起，羽夢立刻起身踉蹌地撲向他們，阻止他們往門口衝。

這都是為了妍美！妍美狼狽地爬起，儘管衣衫不整地赤身裸體，還是穿過外套隨意遮掩，光裸著腳便奪門而出——太過分了！一定是那個人，因為她的緊追不捨，所以這樣對付她！

什麼人能做出這種事？她只是想為朋友討個公道，想要矯正一切，要讓對方知道，不能這樣為所欲為，誰都不能自以為是上帝——

叭——衝出馬路的妍美沒有注意到早已紅燈，高速行駛的車子根本措手不及！

嬌弱的身軀重擊後高高拋起，妍美在半空中都能看見自己飛濺的血……還有那張從外套口袋裡飛出的名片……

妳願意付出多少代價——對付那個自以為是上帝的人！

＊＊＊

女人抱著紙箱，從容地從辦公室步出，臉上倒是一派輕鬆。

「欸，妳怎麼突然離職？」同事追了出來，太令人反應不及。

「我不想待在這裡了，壓力大又煩！」女人聳了肩，「一天到晚都被投訴。」

「啊，說有網紅投訴的事嗎？不是還在調查中嗎？」同事們也覺得很煩，大家都清查過幾輪了，沒什麼問題啊！

「算了，我趁著被人撵走前先閃吧。」女人微微笑著，「我想找個普通公司待！」

「這也太浪費妳的才能了吧！」要離職的她，可是裡頭一等一的高手耶！

「不會啦！這裡……」女人回眸瞄向監視器，「我已經待膩了。」

當上帝久了，也是會厭倦的嘛！

她想想……好像是從一場車禍開始吧，有個女人目擊到了車禍卻自我刪除，她才覺得有趣咧，到底是在逃避什麼？那女人才剛裝視鏡不瞭解，她的儲存裝置可是與國家系統同步的，第一時間她就看見車禍過程了！正要通報時卻發現那女人居然刪除？

有趣地觀察兩天後，發現女人根本心虛，情緒不斷失控，還在廁所裡自己驚嚇，所以她悄悄地把那份目擊檔案放了回去。

結局出人意料，那目擊女人的教授丈夫居然是個連續殺人狂，所以她把檔案放回去，似乎間接害死了那太太……噢不，應該是揭發連續殺人案件，她該居功吧？

在這職位可以看盡人生百態，有意思有時也很無聊……噢，像幾年前認識一個媽寶女，被母親保護得跟什麼似的，五年前說了莫名其妙的事，如果五年沒跟她跟陵儀道生日快樂，要她們寄mail給某個人。

她哪管她這麼多啊，又沒多熟，都幾歲的人還被母親控制成那樣，而且她也知道那媽寶女後來被機器人取代了，但她根本不想管，連對方的名字都不記得了，還提什麼幫她寄mail？

陵儀叫她做她也沒理，尤其後來……火車站意外中看見陵儀被碾成碎塊後，她就更沒那個心情了！那陣子正低落，卻又意外地發現某直播平台的趣事，有人居然打算安裝病毒，目的只是要刪掉某個人的美肌加馬賽克特效而已？

她當下笑了起來，是多小家子氣啊，但她越過了該平台的管理中心，掩飾掉警告，甚至允許了那個有趣的程式——這也就是後來甚囂塵上的天籟大媽刎頸自盡事件、羽夢餓死報應事件。

這些她都只是當作打發時間的趣事而已，想想坐在一台螢幕前，動動手指就能引發這麼多事，豈不有趣？

她就像上帝一樣呢！

只是她沒想到，出現一個很煩人的直播主，拚了命地要找出是誰允許羽夢的病毒設置，直播平台也開始調查疑點，因為直播平台找不到當初灌病毒的警告紀錄……都被她刪掉了，怎麼找得到？

所以投訴信都被她攔截，她對那個直播主感到厭惡，所以打算讓那個直播主嘗嘗她的厲害。

開啟該直播主周邊所有鏡頭，建立虛擬網頁，放上火辣清涼照與生活片段，曝光她當下行蹤，這種直播主的粉絲多少都有變態，她只需要一個上鉤就好了——就這麼一個，原本她期望發生些不堪的事，留下照片或影片，用以威脅直播主不許再找她麻煩，誰曉得那個男人居然死了。

死了也好，剛好有目擊者更好，她在第一時間修改畫面，讓一場意外變成過失殺人——等那直播主忙於官司出庭，進去牢裡蹲個幾年後，出來也就不會再揪著她不放了吧？

不過，那個直播主居然將３Ｃ撤出她的生活，改用紙本繼續咬著投訴事件不放，這點她是由衷佩服，現代有幾個人能真的擺脫３Ｃ？而那女孩使用紙本投訴告發，她便無法攔截或是修改，終於讓上頭開始正視，大動作抽絲剝繭地調查。

痕跡遮掩得再巧妙，遲早會露出尾巴，所以她打算在一切更加嚴重前，溜之大吉！不過讓她這麼狼狽的直播主，絕不可輕易放過！她研究該直播主粉絲的行為模式，找到了潛在的瘋狂粉絲，冒用直播主的帳號傳訊給他們，放上裸照、給他們她家地址，讓他們盡情享樂。

這樣那個直播主這輩子都不會有心思考資安局某個人的事了。

不過，那幾個男的是得逞了，但那個直播主卻沒有那條命在一生中痛苦度過……

沒人叫那直播主跑對吧？沒人叫她不看路啊，開車撞人的也不是她。

所以說到底，直播主的慘死完全不關她的事。

「那再聯絡喔！」電梯門開啟，同事們依依不捨地向女人道別。

她微笑點頭，抱著紙箱進入電梯裡。

電梯向下，女人沒有一絲愧疚之情，她都已經找好下一份工作了！

空蕩的電梯裡其實不止她一人，女人不知道她的身後角落，靜靜站著支離破碎的女孩，女孩身邊勾著枯槁的少女，女孩望著她的背影，氣得顫抖，這麼多人，竟折在這種人的手上。

無怨無仇亦無恨，只是好玩？

一陣熟悉菸味飄來，咦……妍美驀地回首，看向自己身邊那片冰冷的鐵板，悠哉地穿牆而過，來到了隔壁也正往下的電梯；電梯裡站著頎長的身影，男人背對著她，那側臉她覺得好像在哪裡看過……

「不甘心嗎？」男人明明專注地看著遞減的石英數字的，卻知道她在這裡。

『你能做些什麼嗎？』她幽幽地出聲。『一切都是那個女人……』

「不要把錯都推在一個人身上，她只是一部分的原因，或說一個推手。」男人從容地望著跳動模糊的石英數字，「終究是個人的行為決定了命運。」

『可是她脫不了關係！』妍美低垂著頭，掩不住內心的恨，她多想現在就衝過去，在電梯裡撕碎那個女人！『她把一切都當成樂趣啊！為什麼她能活得好好的，我們卻——』

「命。」男子簡單地說著，這本來就是命，

妍美雙拳緊握，淚水不停地滴落。『她離開了資安局會不一樣嗎？不再享受當上帝的感受？』

「這我無法預知。」

『那……再給她一次機會，只要她心懷善念，我就放過她。』妍美輕輕說著，『但如果她依然死性不改，繼續傷害她人的話——』

男人倏地轉過身，好看的臉龐讓亡靈都為之驚愕，妍美突然想起，她曾在某家咖啡廳裡見過他！

「如果她繼續傷害人的話，妳願意付出多少代價解決她？」男人眸子太深遠，即使身為亡靈她竟也看不清。「妳願意冒著殺生的劫難也要對她出手嗎？」

羽夢緊張地拉住了妍美，這就是她始終在妍美身邊的原因，不可以！不值得！

感受到羽夢的緊張，妍美卻只是揚起了笑容，她想起了門縫的那張紙片，她願意付出多少代價呢？

她願意付出多少代價去為天籟平反？她願意付出多少代價找到允許病毒的幕後黑手？她願意付出多少代價處理掉這個冷漠無情、害人無數的人！

她連命都付出了，還有什麼在意的？

『我願意！到時我會撕碎她！』

這不只是為了自己，為了朋友，更為了未來可能更多受害的人。

男人勾起嘴角，看著這一身殘破的亡者，「有意思。」

妍美昂起頭，瞅著男人，「皇先生？」

男人微笑頷首，輕闔的雙眼給了她肯定的答案，畢竟那是名片背後唯一的字。

電梯抵達一樓，門開啟後男人從容步出，外面等待的人們忍不住多瞧了他一眼，而魚貫進入電梯的人們，始終看不見角落裡的亡靈們。

一樓大廳外，抱著紙箱的女人還跟警衛道別，在世人眼裡，她是那麼地爽朗俐落，人緣極佳能力又強的好人。

「我會很想妳的耶！」

「我也會啊！」女人禮貌地跟警衛與熟悉的同事們揮手道別，此時男人正默默地略過她身邊。「我走囉！再見！」

「一切順利喔！艾凡！」

再見。

後記

上一次出短篇合集，真的是很久很久以前了！而且還不是我個人的短篇集，是與眾多作者合出類似文字月刊般的讀物。

過去有好幾年的爆字數，更令我不敢想像書寫短篇的可能性，乃至於《皇冠雜誌》前來邀稿時，我其實是不敢答應的：每月連載不是問題，但每月限「五千字」問題可就大了！

我想起在某出版社的番外，當時編輯跟我說五千字，最後我交了兩萬字出去（遠目但轉念一想，總是要能控制啊，若是一直不肯去練，不就永遠都無法掌握自己的節奏了？所以我最終接下了這份邀約，當作是對自己的練習與挑戰。

我必須說一開始的確很辛苦，常常寫到了五千字還在開頭，我甚至有過先寫故事結尾再往前補劇情，結果發現只剩一千字的叩達可以補……真的是欲哭無淚，所以我後來的連載變成了上下篇（咦？

好像也沒有練習得多成功厚？還是變成一萬字才能說完故事啊！

但是編輯說沒關係，我、我就沒關係了！哎呀，至少有進步嘛，總是得慢慢來，循序漸進，很多事急不得的是吧？

在《皇冠雜誌》連載後，深深覺得讀者訂閱非常划算，一本裡有非常多小說與文章，各種風格均有，一本才沒多少錢，在粉專好奇問天使們時，才發現有不少人早就知道並訂閱了，每個月都在等待《皇冠雜誌》的到來。

原本的每月連載，想著是寫出單篇的短篇驚悚類型故事，不一定跟鬼有關，寫人性、寫靈異、寫驚悚、寫時事，天馬行空任我遨遊，不知不覺中，竟然這麼連載了一年半。

但我的確對自己寫短篇有了一定的自信，接著也在粉絲專頁偶爾寫些迷你短文，大家也相當肯定，這無疑給了我更強烈的自信心，這樣的短篇我會繼續寫下去。

《噬鏡：笭菁闇語》是將一年半裡在《皇冠雜誌》連載的故事收集而成，沒有什麼男、女主的冒險，更沒有複雜的背景，有的就只是用五千到一萬字的篇幅，跟您說一則小故事，故事裡的某個角色，都有可能是您，或您身邊的人。

不過習慣難改，說很克制地讓連載歸連載，但聰明的您或許在看完後，會發現似乎好像有那麼一個關鍵，隱約地貫穿了每一篇短篇？

希望您在看到最後一頁時，能有一種「咦？」的驚喜感。

至於會不會有第二本？第三本？我想只要能繼續在《皇冠雜誌》連載，應該是沒問題的吧？

最後，由衷感謝訂閱《皇冠雜誌》與購買這本書的你們，購書才是對作者最實質且直接的支持，沒有你們的購書，作者便無法繼續書寫下去，謝謝！

——笭菁

國家圖書館出版品預行編目資料

答菁闇語：噬鏡 / 答菁 著.-- 初版.-- 臺北市：平裝本. 2020.07 面；公分(平裝本叢書；第507種)(答菁闇語；01)

ISBN 978-986-98906-2-5（平裝）

863.57　　　109007393

平裝本叢書第 507 種
答菁闇語 01

答菁闇語

噬鏡

作　　者—答菁
發 行 人—平雲
出版發行—平裝本出版有限公司
台北市敦化北路 120 巷 50 號
電話◎ 02-27168888
郵撥帳號◎ 18999606 號
皇冠出版社（香港）有限公司
香港上環文咸東街 50 號寶恒商業中心
23 樓 2301-3 室
電話◎ 2529-1778　傳真◎ 2527-0904
總 編 輯—龔橞甄
責任編輯—張懿祥
美術設計—王瓊瑤
著作完成日期— 2020 年 2 月
初版一刷日期— 2020 年 7 月
初版二刷日期— 2020 年 8 月
法律顧問—王惠光律師

讀者服務傳真專線◎ 02-27150507
電腦編號◎ 577001
ISBN ◎ 978-986-98906-2-5
Printed in Taiwan
本書定價◎新台幣 280 元 / 港幣 93 元